微篇小说

时代记录

尚书房

时代·记录

聂鑫森 著

地震出版社
Seismological Press

图书在版编目（CIP）数据

时间存折 / 聂鑫森著 . —北京：地震出版社，2017.12
ISBN 978-7-5028-4944-3

Ⅰ. ①时… Ⅱ. ①聂… Ⅲ. ①小小说－小说集－中国－当代 Ⅳ. ① I247.82

中国版本图书馆 CIP 数据核字（2017）第 316614 号

地震版　XM4116

责任编辑：赵月华　张　平
责任校对：凌　樱

出版发行：地震出版社

北京市海淀区民族大学南路 9 号　　　邮编：100081
发行部：68423031　68467993　　　传真：88421706
门市部：68467991　　　　　　　　　传真：68467991
总编室：68462709　68721982　　　传真：68455221
E-mail：seis@mailbox.rol.cn.net
http：//www.DZpress.com.cn

经销：全国各地新华书店
印刷：北京鑫丰华彩印有限公司

版（印）次：2017 年 12 月第一版　2017 年 12 月第一次印刷
开本：710×1000　1/32
字数：131 千字
印张：10.375
书号：ISBN 978-7-5028-4944-3/I（5647）
定价：38.00 元

版权所有　翻印必究

（图书出现印装问题，本社负责调换）

时间存折 /1

星　妈 /8

凤凰沱江夜 /15

邮　路 /23

农具博物馆 /31

潇湘匪客 /38

地　锦 /44

龙　票 /51

鱼　桌 /58

紫鹊界 /65

炸油条段 /73

槟榔王 /82

口　戏 /90

野菌王 /98

守排人 /104

遵古印坊 /113

顺风车 /122

蟀　爷 /129

吃饭日当午 /137

慈母手中线 /145

驴　友 /154

葫芦娃 /161

遗　赠 /170

烽火连十日 /177

鞭笋过墙 /188

玉须帘 /196

老家虾肉汤包铺 /203

长长的雨巷 /212

牵手归向天地间 /224

聂　耽 /232

方圆古泉斋 /241

胡家村的龙虎关 /249

女理发师 /259

水晶鱼 /268

归隐录 /276

光　头 /284

闺　语 /291

忘　川 /298

西窗烛 /305

喜　子 /313

后　记 /319

时间存折

二十六岁的史力,突然一摸口袋,那个存折弄丢了。是掉在上下班的路上还是遗落在他停留过的地方?天知道。

这个大红封皮的存折,存的不是钱,是时间,整整五十个小时呵,比钱还珍贵。

史力的老家在乡下,父母为了供他读大学本科、研究生,真是吃尽了苦头。本科是汉语言专业,硕士生主修古典文学。没想到毕业后,找工作难于上青天,只好应聘去了一家文化策划公司搞文案工作。愤懑也罢,伤心也罢,他得先找个饭碗,再不能拖累家里了。好在公司在吉和山庄早买了几套三居室的房子,供未婚的青年员工居住,不收租金。一套房子住八个人,热闹得像集市,下班回来,打牌、看电视、聊大天。史力对这些都不感兴趣,只想看看书,但看得进去吗?于是,他常孤零零趁夜色在社区闲逛;若是下雨,就在亭、榭、长廊里呆坐。

　　有一天,史力发现吉和社区有了一家奇异的时间储蓄所。社区很大,几十栋楼,住了近三千人,老年人不少,此中一部分人或子女不在身边,日常生活需要人帮助;或是孤寡老人,有病且寂寞。于是管委会倡导中、青年人敬老爱老,利用休息时间到这些家庭去做义工,所花费的时间一笔一笔都记于存折,当自己需要时,则由其他义工来帮忙干活,谓之"领取时间"。

　　史力的业余时间太难打发了,于是申请去做义工,并领取了一个存折。储蓄所负责人告诉他："有个老人章文心年过七十，原是本市江南大学中文系的教授，老伴十年前过世了，无儿无女，他要找一个懂行的年轻人帮他查找资料、听他说话。我们物色了好久，你是最合格的人选！"

在一个星期六的上午，史力打电话给章文心时，对方说："小史，你来吧，我扫榻以迎。"于是，他第一次去了五栋三单元六楼的章家。

门早已打开，清瘦的章先生满头华发，站在门边，把他引进客厅。"我在为你煮茶，你先参观一下这上下两层的复式楼，看可否入目？"

上下两层近二百平米的房子，除客厅、卧室、厨房、卫生间外，其他地方都立着成排的书架，书香如无形的波流在涌动，史力仿佛又回到了大学校园。

当他们面对面坐在客厅的长条茶案前时，章先生说："这是刚煮好的安化黑茶，请一尝。"

"谢谢。"

"小史,你硕士论文写的是什么呀?"

"是《论明人小品的艺术走向》。"

"这要读不少书呵,难得难得。张瀚的《松窗梦话》、屠隆的《考槃余事》、张大复的《梅花草堂笔记》、袁宗道的《白苏斋类集》、张潮的《幽梦影》……想必都入了君眼?"

"是的。我只是泛泛读过,没有深入地研究,很惭愧。"

"你虽离开大学,照样可以自学成才,只要吃得苦。'路漫漫其修远兮,吾将上下而求索。'何愁不成功?你叫史力,有字吗?"

"没有。"

"我给你起个字怎么样?就从屈原诗中取出'修远'二字。我名文心,字雕龙,取自《文心雕龙》的书名。"

"谢谢雕龙先生赐字。"史力突然双眼涌出了泪水,站起来向章先生深鞠一躬。

章先生哈哈大笑。

正午了，史力这才想起什么事也没做，很内疚。

"不，你陪了我三个小时，我写个条子给你，你可去时间储蓄所，登记在你的存折上。"

史力小心地问："我什么时候都可以来吗？但是……下次来，你得安排我做事，做什么都行。否则，我就不敢来了。"

史力觉得日子过得充实了。业余时间他或者去章家，或者耳塞棉花在嘈杂的声响中看书。他每次去章家，先打扫卫生，再浆洗章先生换下的衣服，然后为章先生去查找资料。都干完了，一老一少坐下来喝茶聊天。

"修远小友，做学问必先从识字开始。"

史力愣住了，他认识的字不少呵。

"自提倡简化字之后，很多字的识别便成了问题。如'帘'，本指酒家的酒幌子及用棉、布做成的挡风门帘。以竹条做成的遮挡物，应是竹头下加一个'廉'字，李贺诗'帘中树影斜'，是竹编的帘，这才能从竹条缝中窥见斜斜的树影。"

"多谢先生教导。"

史力的存折上，有了五十个小时的记录。

这个记录义工时间的存折，居然掉了！其实只要史力到社区管委会说明一下情况，补发一个存折再记上数就可以了。他觉得毫无必要，章先生传授的做人和做学问的道理，才是他真正的积蓄。

三度寒暑过去了。

史力在章先生的指导下，将当年的硕士论文，扩展成一本近二十万字的专著《明人小品的文化品格及个体生命潜能的释放》，由章先生推荐出版了。接着，章先生又慎重地写了推荐信，让史力到江南大学中文系去应聘当合同制的教师，并告诉他："你一边上课，一边考读博士生，只要肯下功夫，你将来是可以留校的。"

史力说："先生对我有再造之恩……"

"不，更重要的是你对自己的再造！"

说完，章先生拿出一个红封皮的存折，说："这是你三年前掉在我这里的，之所以没有还给你，是想看看你会有什么反应。愿意做义工而领一个存折已属不易，但你掉了后不去要求补发，心很安详，说明连理所当然的那点报偿都淡忘了，是修德修文之所至。"

史力接过存折，翻了翻，除原有的页码之外，又加订了厚厚一叠，上面由章先生填满了他每一次做义工花费的时间。他合上存折，双手捧着递还章先生，说："我做义工的时间，即是先生义务教诲学生的时间，只有你知道我有多少长进，还是由你保管吧。"

章先生说："好！"

(《北京文学》2014年4期)

星　妈

　　湘楚京剧院上上下下几十号人，都称她为星妈。

　　星妈是名星之妈的简称，因为独生女郦丽，是该院的荀派当家花旦，虽只二十八岁，却早已誉声四播，追星族阵营十分浩大。

　　星妈姓乔名凤英，五十岁出头，大脸盘，粗骨架，说话声震屋宇。她三十岁就守寡，却不再嫁人了，靠一条好嗓子吆喝卖水果为生，硬是把女儿培养成人：先读小学，再读戏校的中专和大专，然后成了名角。

郦丽说:"妈,我在剧院有工资,还经常应邀去参加别的演出,你就不要去卖水果了。"

"好,妈就时刻陪着你。你出名了,会有一些打歪主意的人来纠缠,妈能保护好你。"

星妈与女儿形影不离,陪着去排练、演出,陪着回家吃饭、休息。女儿长得纤细、秀气,星妈则威武雄壮,对比强烈,成了一个看点,走在路上常有人指指点点。有愣头青小伙挤过来,要求与郦丽合影留念,星妈一声断喝:"走开些!"还有人拼命把求爱信往郦丽手上塞,星妈一把抢过来,撕碎,然后往空中一扬,笑声像打雷一样洪亮。

郦丽有戏码的夜晚,星妈做好饭,和女儿吃过后,陪着去剧院后台。笑眯眯坐在一边,看女儿化妆、穿戏衣。女儿登台后,她就站在侧幕边,手里拿着一把小巧的白瓷茶壶,随时准备让女儿下场时啜饮润喉。

郦丽能演花旦,也能演青衣,所会的戏很多,《霍小玉》《杜十娘》《玉堂春》《贵妃醉酒》《花田错》《十三妹》……不但扮相好,而且把荀派艺术唱念并重、动作优美的特点,发挥得淋漓尽致。郦丽不但京白说得好听,韵白也与众不同,好像有标点符号似的,在节奏中充满情感。唱起来则快中有舒缓,平淡中又奇峰突起,宛转悠扬,韵味醇厚。

京剧院的人都喜欢星妈,说她虽不在编,俨然就是他们的同事和长辈。

星妈的厨艺不错,常叫女儿把她的好友请到家里来吃饭。她亲自掌勺做出几品好菜。谁家有红白喜事,女儿送了礼,星妈还要单独送一份。所以,郦丽在前台后台,都有好人缘,大家都愿意帮衬她、捧她。

星妈也有心事,只是埋在心里不说。女儿得给她找个好女婿,她希望女儿幸福,也希望自己老有所倚。

郦丽上戏校大专班时,因住宿在校,星妈管不到。小家伙年轻没经验,和教戏的老师鄂为好上了。

四十岁的鄂为已有妻子、孩子，会教戏也会哄人。直到有一天郦丽回家，老是不停地给鄂为打手机问怎么办。神色慌慌的。星妈见多识广，脑子一转，就知道是怎么一回事了。夜深人静，她拿了把菜刀，把女儿叫醒，让她说实话，否则宁愿自己抹脖子自杀。郦丽拗不过母亲，吞吞吐吐全盘托出，然后说她有身孕了，鄂为又不想离婚。

星妈问："你想怎样？"

"我去学校告他，让他被开除，然后我再去打掉孩子。"

星妈说："不能去告。他受处分，你的名声也坏了，将来还怎么工作怎么成家？你先去做掉孩子，老娘再和鄂为好好谈一次，让他痛改前非，否则我要他的小命。这对大家都有好处。"

郦丽扑到娘怀里，小声啜泣。

一件原本山摇地动的事，星妈悄无声息地处置妥帖。

星妈发现唱武生的白小飞，二十九岁了还没有成家,他很喜欢郦丽。白小飞长得英俊,武功好,唱得也好,走的是杨小楼杨派武生的路子。

每次星妈和郦丽走进后台,白小飞肯定在门口迎接她们,谦和地问候:"郦老板好。星妈吉祥。"然后又说:"今晚戏份重,郦老板赶快去歇一歇。"有一次郦丽因受了风热有点咳嗽,他亲自上门,送来由他妈妈熬好的银耳冰糖汤,密封的小陶罐外还包了一片丝棉布。

事后,星妈问女儿:"他很喜欢你?这小伙子人不错,大家都说他的好话。他向你提过吗?"

"没有。"

"为什么?"

"他爸过世得早,妈妈又没有工作,还老是病,家穷。他怕被人看不起,从不谈成家的事。"

"你喜欢他吗?"

女儿脸红红的,点点头。

"小白是个实诚的人,我看行,他不说,你就说。"

"哪有女的向男的说呀?"

"呸,什么时代了?蠢!"

秋风飒飒,枫红桂香。

这一晚是折子戏专场,一共四出,第一出是郦丽的《贵妃醉酒》,第三出是白小飞的《挑滑车》。

郦丽化妆时,老用眼睛往白小飞那边瞧。星妈也顺着女儿的目光去看白小飞,因他是第三出,不急着化妆、穿戴盔甲,木木地坐着,两只手不停地搓来搓去,还不时地摇着头。

星妈问:"小白家里出什么事了?"

"他妈住院了。晚上他要演出,拜托医院的护士照看,他不放心哩。"

"我看你也是魂不守舍的,戏比天大,可不能演砸了。让我去告诉小白,我去医院照看他妈,你看好吗?"

"当然……好。"

星妈忍不住笑了，说："你呀——你呀！"

说完，就向白小飞那边快步走去……

这一晚的折子戏，出出精彩，叫好声此伏彼起如大江之潮。

卸了妆，白小飞奔到郦丽跟前，说："谢谢郦老板，谢谢星妈！"

郦丽小嘴一噘，说："还叫我郦老板？"

"哦，该叫郦丽。我们……一起去医院？"

"行！"

（《北京文学》2014 年 4 期）

凤凰沱江夜

深秋时节。白天,在湘西凤凰观山赏水,叩访陈宝箴、熊希龄、沈从文诸先贤的故居,毫无倦色。入夜,同行的作曲兼男高音歌唱家伍音,告诉我们:"沱江的夜景不可不看,酒吧的歌不可不听,美景、美酒、美歌,岂能枉失?我做东请大家!"

伍音蓄着长发的头,往上昂了昂,抖动的发丝似乎传出了快乐的细响。他眼睛微眯,显得很神秘。

我们一行来自北京,都是搞音乐的,或在大学任教,或供职于专业文艺团体。伍音是首都一家电视台音乐节目的策划人,又能干又才华横溢。到湘西凤凰来采风,是他提议并促成的。当然顺带还有一个任务,电视台在两个月后准备搞一台"农民工音乐会",或许可以碰到一些好节目。

我们的住处离沱江不过数步之遥,于是,在华灯初上时,我们欣然前往。

澄碧的沱江,在两岸层层叠叠灯火的映照之下,宛若一条缀满珠宝钻石的长花带,熠熠生辉地系在凤凰城的腰间。两岸的酒吧、歌厅、店铺,比肩而立,灯火与星月争辉,歌声与酒香糅杂。临河的石板街道上,人如蜂拥,笑语纷至沓来。码头边停着排排游船,路灯下摆着卖小吃的摊子。土家族的汉子肩挑水果,沿途叫卖;苗家小姑娘捧着鲜花,向少男少女兜售表达爱情的浪漫。我想起十里歌吹的扬州瘦西湖,想起南京笙箫喧闹的秦淮河,想起宋代词人柳永吟咏杭州的《望海潮》:"烟柳画桥,风帘翠幕,参差十万人家。"此情此景,与其何其神形毕肖。

这场景,确实让我们亢奋,因为是初访。而伍音是旧地重游,且有数次,平日说起灯火沱江夜,我们只是半信半疑。

伍音引我们来到"守望梦"酒吧。两层小楼,格局不大,但清幽可人。奇怪的是大门边的台阶上,露天安放小巧的一桌二椅,大约是专为情侣所设,可近距离听江声观灯景,亦可听屋内传出的吉他声与歌声,再加上两个人的款款情语,会浪漫得让人发痴发呆。一楼的小厅里,有小歌台、吧台、酒柜、书刊架,还有四五张小桌及相配的椅子。店主老杨,和伍音很熟,忙迎上来,说:"你几次打电话,说各位音乐家要光临本店,真是太荣幸了。"

"小石呢?"

"他得把家事料理一下,准八时到。先上二楼?"

"好。"

我们由店主引导上到二楼,长条桌临窗,十几个人各就各位。啤酒、香茶、水果、点心,一一摆上了桌,气氛一下子热烈起来。

喝酒、品茶、聊天,白天的疲惫如烟消云散。

很快就过了八点。

楼下的小厅,传来歌手优美的吉他声和歌声。伍音说:"是小石!这个歌手乐感很好,我过会儿把他请上来。"

酒酣耳热,茶沸舌甜。

又过了一会儿,年轻的歌手拿着吉他上来了。一问,他就是小石,苗族人,二十三岁,完全是自学成才,应聘于斯。他蓄着长发,脸白净,眉清目秀,穿着也很时尚。

他问:"各位老师想听什么歌?"

伍音说:"你喜欢唱什么就唱什么。"

吉他声响起来了,好听的歌声也随之而起:"姑娘姑娘我想你，太阳为你燃烧，月亮为你升起……"

小伙子弹得很动情，唱得也很投入。一曲刚完，掌声响成一片。

接着他突然嗓音一变成了女声，尖、亮、脆，民歌与通俗唱法糅合得严丝密缝。歌名为《月下纺纱曲》。"白天收稻光脚丫，夜摇纺车月光下。阿哥进城打工去，思念如棉纺成纱。"

我们对湘西民歌的音乐素材并不陌生，小石唱的曲调有变化，在运气、节奏上，分明融入了一些时尚音乐的元素。或是他自个儿的创新，或是有高人指点，但我们更相信是后者。

我问："伍音，是你？"

伍音摇了摇头，说："是小石的别出心裁，我不过提了点建议。"

小石又唱了两支歌，才挥手告辞下楼去了。因为，还要照顾楼下客人的点歌。

有人提议，我们都到一楼去，那里人多、热闹。

"好。"大家都很赞同。

于是，我们来到一楼。

小石坐在歌台上，伍音也在旁边坐下来，并和小石小声交谈，大概是从专业的角度提出建议。

伍音忽然大声说："各位朋友，下面由小石演唱一首湘西古老的民歌《藤与树》，是表现爱情的坚贞不渝。现在的年轻人闪婚、闪离的太多了，听听这首歌，大家肯定会感动得要死要活！"

掌声、欢呼声，还有口哨声，此起彼伏。

小石长发一甩，边弹吉他边唱起来。歌词只有四句："进山看见藤缠树，出山看见树缠藤。藤死树生缠到死，树死藤生死也缠。"小石先用男声唱，再用女声唱，倘若听众闭上眼睛，一定会认为是一男一女在合作演出。歌词形象、生动、有感染力，曲子虽是多少代流传下来的，但因作了改进和调整，新意盎然。

伍音坐在旁边打着拍子，不时地点头微笑。

我轻声对身边的同伴说："这歌好呵，可让小石参加'农民工音乐会'。"

"对。伍音让我们到现场，为的是我们将来投个赞成票。"

我听人说过，沱江两岸的酒吧，歌手的队伍很庞大，真有人遇到伯乐，唱红了歌坛。也许小石是个幸运儿，今夜会让他终生难忘。

小石唱了好多支歌。

伍音也忍不住引吭高歌一曲，由小石弹吉他伴奏。

萍水相逢，短暂旅途亦如家。

夜渐深，明日还有采风任务，告别"守望梦"，我们回到宾馆。

半个月后，我们回到北京。

首都电视台的"农民工音乐会"，按程序紧锣密鼓地进行。小石演唱的《藤与树》，入选了。

在离现场直播音乐会还有十天时，按规定所有参加节目的人必须进京排练、走场、试镜头。

伍音突然打电话告诉我，小石来不了！一是因他父亲早已过世，他又是独子，家有一个瘫痪在床的母亲，白天离不开人，夜里到酒吧去工作，还得请邻居帮忙照顾；二是"守望梦"酒吧离不开他这个台柱子，他一走，生意马上会冷淡下来。店主老杨说，如果小石要请假，以后就别在这里上班了。

"这也许是小石成为一个明星的好机会，但他只能守着家，守着'守望梦'酒吧讨生活。唉——"

伍音说完，长长地叹了一口气……

（《北京文学》2014年4期）

邮　路

六十五岁的老作家宣寒暄,在临近中午的时候,走出了家门,去赴一个饭局。做东的是湘中市邮政局局长于干千,应该说他们才认识不久,但这种隆重的邀请他无法推辞,因为于局长说他的车,会在十二点差五分停在社区门边,有重要的事要在席间请教。

早些日子,于干千曾领着一群人,登门拜访了宣寒暄。当宣寒暄接过于局长的名片时,就喜欢上了这个名字,"于""干""千"三个字的形状很有趣,笔画稍有变化，让人浮想联翩。他猜想于局长的父母，应该是很有文化素养的人。于局长是来表示谢意的，感谢宣寒暄登在《人民邮政报》上的一篇文章《不断前行的绿色邮路》，上级领导作出批示，表扬了湘中市的邮政工作，还拨下一笔钱，让邮递员都把自行车换上了轻型摩托车，以便送邮件更快更好地为民服务。

宣寒暄眼下家住本市的南区火把冲吉平山庄。火把冲原本是一条山冲，嵌在庆云山中。这庆云山并不是一座山，是一片高高低低的山丘，峙立在城乡结合部的地段。在三十多年前，山里除零散的几户农家外，到处是野树、顽石、菜地、溪流。湘中市的建设速度惊人，繁华和热闹不断地膨胀，马路、住宅楼、商店、学校、医院，年复一年地拼命往山里挤压，这里也逐渐变成了人口稠密的市区。这吉平山庄不过是众多住宅区中的一个。宣家最先住在离火把冲不远的一条大街后面，是湘中市文化局的宿舍楼；因面积小、藏书多，拥挤得让人不舒服，十年前便搬到火把冲口旁边的一个社区，买的是一套三室一厅的商品房；三年后儿子结婚，年轻人喜欢这套房，于是老两口又在火把冲里面的吉平山庄再购置了一套房子。

现代通信工具太发达了，座机、手机、电脑几乎家家必备，很少发和收纸质信件。但宣寒暄却不同，出版社、杂志社、报社和友人给他寄刊物、报纸和书，还有寄稿酬的汇款单；他写作之外，还画画、写毛笔字，应友人之邀，得用挂号信寄出；每出了新书，得寄给各地友人。他与邮递员、邮局交道频繁，常跑火把冲内外这条邮路的邮递员，是个女同志，叫柏贞。

柏贞是邮局聘用的合同工，老家在乡下。从十八岁跑这条邮路，风风雨雨跑了十个年头，原先是踩自行车，现在骑上了轻型摩托车。她圆脸、短发，身体很结实，脸上笑眯眯的。她总是在上午十时到十一时之间，到达宣家的楼下。楼下每个单元都有铁门，铁门上嵌着各家的电动按钮,按响哪一家的按钮,就可以与这家通话,也可以请其遥控打开铁门进去叩访。柏贞每次送书报来,必按响宣家的按钮,告诉宣寒暄书报信件都塞进楼下杂物间的窗口里了。如果有汇款单要签字,她会请宣寒暄打开铁门,咚咚咚跑上楼送到家门口;如果有挂号信、包裹要寄,柏贞也会顺便带到市局去寄。快到年底时,宣寒暄往往要订来年的多种刊物、报纸,只要给柏贞打个电话,她就先在邮局发行部开好发票,再上门来收钱。叫她进屋喝杯茶,她就说:"不打扰了,您忙吧。"

宣寒暄很佩服柏贞的人品和工作态度,这为他节约了多少时间,省却了他多少麻烦呵。

国庆节前,《人民邮政报》的友人,约宣寒暄写一篇反映生活巨变的散文,他立刻想起了这条不断延伸的邮路,印证了一个城市的欣欣向荣,想起了在平凡的岗位上无私奉献的柏贞,这种敬岗爱业的精神很值得倡导。于是疾书为文,在电脑上发过去,几天后就见报了。

他没想到这篇小文章,居然有了不小的响动。

有一天,柏贞来送汇款单时,说局长在干部、职工大会上表扬了她,号召大家向她学习。然后,很羞涩地对宣寒暄说:"宣老师,每年年底局里有一两个合同工转为正式工的指标哩。"

宣寒暄说:"但愿今年你榜上有名。你们局长过几天要上门来征求意见,我可以提醒他一下。"

"谢谢!"

几天后,于局长来访时,宣寒暄特意提到了这件事。于局长说:"我们正在研究,谢谢你对我们职工的关心。"

一个月过去了。

今天于局长打电话来请他吃午饭,是不是要和他谈柏贞合同工转正的事?

社区门边停着一辆黑色的小车,当宣寒暄走近小车，车门打开了，于局长说："宣老师，请上车。附近有家干净的饭店，菜已经点好了。我没带司机来，为的是两个人谈话方便。"

宣寒暄点着头，心里马上明白：柏贞转正的事卡壳了，此中有难言之隐，只能和他一个人说。

当他们在饭店的一个雅间坐定，菜肴陆续摆上桌，酒瓶盖也打开了。

酒过三巡，于局长有些不好意思地说："今年上面只拨下一个指标，领导班子开会，讨论得很热烈，我提的是柏贞。我的副手，比我年纪大两岁，四十三了，他说柏贞还年轻，可以放在明年或后年考虑。他有个远房侄子也是邮递员，坚决要上这个人。我怎么办？得罪了副手，以后的工作不好开展啊。柏贞又是宣老师打了招呼的，而且柏贞的成绩有目共睹，我真犯难了。"

"那个人的侄子表现怎么样？"

"很一般，吊儿郎当的。"

宣寒暄冷冷一笑，说："于局长不怕人议论？假如有人再写篇文章登在报上，你是一把手，这营私舞弊的责任，就全在你身上了。"

于局长狠狠地干下一杯闷酒，他原以为宣寒暄和柏贞非亲非故，喝几杯酒就万事大吉，想不到这老爷子真还拧上劲了。"宣老师，你给我指条道吧。"

"你想不想进步？"

"当然想。"

"你那个副手想不想？"

"他做梦都想。"

"四十五岁前他提不上正处，也就窝在这里别想动了。只有你往上走，才能给他挪出这个位置，对不对？"

"对。"

宣寒暄突然觉得自己很俗气，怎么说出这种话？但为了柏贞的转正，他顾不得这么多了。

"那么，你要和他深谈，让他舍弃这点私情，好好配合你的工作，名正言顺地让柏贞转正，让柏贞当本市邮政系统的标兵，然后向省里推介；要掀起一个学标兵的高潮，让整个工作出现崭新的局面。我不会袖手旁观，我会邀请一些新闻界、文艺界的朋友，来参观、学习、宣传。"

于局长又把两个杯子斟满了酒，说："听君一席话，胜读十年书。谢谢你的诫示和指点！我想，当柏贞得到社会肯定，上级又格外关爱，让柏贞到全省各地现身说法时，宣老师是最好的见证人，也想让你加入这个宣讲团，好不好？"

宣寒暄一愣，随即平静地说："可以。"他佩服于局长的脑瓜子灵，一下就把他"套"进去了，还不能不答应。

"宣老师，干了！"

宣寒暄说："好。"

一杯酒灌下去，宣寒暄呛住了，猛烈地咳起嗽来。

（《小说界》2014年1期）

农具博物馆

田大耕年过半百，不过是个 A 市郊区的农民。矮而粗壮的个子，大脸膛，浓眉，小眼，貌不惊人。文化也不高，勉强算个初中毕业生。但是，他名气却很大。

他住的地方是城外东北角的紫雨村，那里是一片小山岗子，山下是稻田，山上是茶园、果园、竹林、菜地。虽称为村，却是各家散居。朝岚暮霭，塘碧溪清，鸡鸣犬吠，花开花落，可称是闹市的后花园，令人眼馋。

三年前，田大耕与村里人经过反复商议，联合成立了紫雨村农民合作社。土地、山林、菜地入股,并列入年终分红;本村的劳动力优先安排进各种专业小队,种田、种茶、种菜、莳弄果树、养蚕、修理农具,按月拿工资。他在自家大院里,突发奇想建起一排宽敞的青砖平房,办起了"大耕中国农具博物馆",这一切都是自费,与合作社毫不相干。

第一件事,在外地早已有先例,并不奇巧,但第二件事就令人惊诧了。一个农民办一个私人博物馆,不收费,欢迎大家去参观,图的是什么?但不管怎么说,这两件事凑在一起,是大新闻,报纸、电视常有报道,让田大耕俨然成了名人。

他的父亲不乐意了,说:"你到处去收购那些成了废物的破旧农具,还占这么多房子,花钱赚吆喝?败家子呵。"

田大耕憨厚地笑着,搓搓手,说:"爹,这是乡村文化建设的大事。将来,你会看到它带来的好处。"

"呸，屁好处。"

田大耕的儿子是大学历史系毕业生，任聘到A市博物馆当讲解员，是合同工的性质。他很看不起这些没有文物价值的玩意，认为父亲是瞎折腾。田大耕板起脸说："将来，你是真正的受益人，信不信由你！"

我是A市《经济快报》的记者，第一篇报道是我写的，题目是：《农具立史，志在耕耘》。以后，我应田大耕之邀，又去过多次。不但仔细看了原物，锄、犁、镰刀、锹、斧、耙、耜、耒、锯、钻、锤、铲、水车、风车、石磨、石碾、石臼、石碓、榨床、纺车、纺槌、织布机、钓竿、小船、渔网……而且感到解说文字、布展分类、图片说明非常到位，田大耕的儿子功不可没。

田大耕得意地说："这小子不想干，我喊要揍人，他只好乖乖地听话。让他先给我上课，我认可了，他再动手。我也长了不少见识哩。以后，这些电动的农业机械也会过时，我再扩大展览的规模。"

但我也有遗憾,这馆匾是用刨平的杉木板做的,没有上漆,是田大耕用排刷写的几个粗黑大字,显得又草率又没有品位。

一眨眼三年过去了。

城市不断地向外扩展,据规划局的同志透露,紫雨村那块地方已有好几个房产商瞄上了,说是可开发成一个高档的住宅区。

有一次到农具博物馆采访,因为这里新增加了"农民阅览室""中国历史大讲堂"。不经意间,我向田大耕说起了这回事。他似乎早已得知,点点头后又摇摇头,说:"有人早就眼红了,但是……不可能!"

我说:"那就好。这样的好地方,又低碳又生态,怎么能变成住宅区呢?真是那样,你们的合作社就没法子办了。"

田大耕说:"过几天有省里的领导来考察农村文化建设,指名要参观农具博物馆哩。"

凭着记者的敏感，我知道善于联络人脉的田大耕，一定托人向省里有关部门反映了情况，并附上了我的文章。

他说："我儿子的老师是个著名历史学家，他常被邀请去给省委常委讲课。早些日子还到这里来，专讲中国农具发展史。我把其他村子的农民也叫来了，有一百多号人，气氛非常好。老师还为馆里题了词：'以史为鉴，建设文化新乡村。'"

我拍了拍田大耕的肩膀，说："你很聪明。"

几天后，省委管文教的副书记汪新，真的到A市来考察农村文化建设情况，去了紫雨村，不但参观了合作社的农田、果园、茶园，还重点参观了农具博物馆，并召开了一个小型座谈会，由田大耕作了汇报。然后，汪新兴致勃勃地作了评点和重要指示。指示内容为：农民合作社的做法有新意，要巩固、发展和推广；农民的文化自觉值得宣传，农具博物馆非常好；这个地方要保持优美的生态和文化环境，成为一个样板，不要搞什么高档住宅区。

在会议结束时，田大耕叫人拿来那个历史学家的题词，请汪新欣赏。汪新说："意思好，书法精，是颜字的面目，但有自己的创新。"

田大耕说："我们知道汪书记的字也很有功力，能否赐题馆名？墨磨好了，纸、笔备好了，请！"

汪新说："为农民办的博物馆写字，是第一次，我很荣幸。"

掌声哗哗地响起来……

随同而来的报社、电视台记者，对汪新考察的全过程，进行了真实的、形象的报导。我写的长篇消息在《经济快报》作头版头条登载，题目是：《农具博物馆成文化亮点，农民合作社走康庄大道》。三年前田大耕创办这个博物馆，称得上是高瞻远瞩，其目的是以文化建设保护农民合作社这块难得的领地，现在真的是功德圆满了。

过了不久，田大耕的儿子经考试，破格录为正式的公务员。同时，他作为A市博物馆的外派人员进驻"大耕中国农具博物馆"，指导、协办馆务，只是每月到市馆参加一次业务会议。

小田很兴奋，这等于是坐在家里上班，自由自在，公务员待遇，工资、医疗保险、养老保险样样不缺。他爹曾说他是真正的受益人，先前不信，现在他信了。

田老爷子白天工作于果园，晚上则义务为博物馆当保安。

他最喜欢说的一句话是："白天，儿子领导我；夜里，孙子领导我。我好快活！"

（《百花园》2014年6期）

潇湘匣客

在古城湘潭的业余收藏界，吕品的收藏专项是匣子，林林总总已有三百余个，人赠雅号"潇湘匣客"。他很喜欢这个雅号，"匣"与"侠"谐音，乍一听，以为他是"潇湘侠客"了。

装盛物品的器具，大者曰箱，小者曰匣，匣又称之为匲、奁、盒。只因所盛物品不同，也就有了不同的称谓，如梳妆匣、首饰匣、印匣、钱匣、药匣、官帽匣……匣的材质品类繁杂，器形也有圆形、方形、长方形、桃形、菱形多种。吕品收藏的多为竹、木、雕漆的匣子，当然也兼及其他材质的。

吕品自小就对匣子情有独钟，是因为父亲擅长小器作，为专制匣子的名匠。他希望艺有传承，故为儿子取名"品"，加上"吕"姓，共有五个匣子的形态。但吕品没有进入小器作的行业，读了小学、中学再上大学的历史系，毕业后，到一所中学去教历史。他有了自己的业余爱好:收藏匣子。一是出于自小的耳濡目染，二是对于各种史乘闲书的研读。他收藏的匣子品位不错，以年岁而论，最早的出于明代，最迟的也是"解放"前的。他的妻子宋珠，也是同校教历史的老师，父母都是大学的教授。他们能结秦晋之好，是吕品独特的求爱方式，用一个清代的景泰蓝首饰匣，放上一封用文言文写的情书献给宋珠，居然马到成功。

春风秋雨，日月如梭。吕品四十八岁了，独生子也上大学了。父亲早几年因癌症去世，母亲执意要住在老城小巷的祖屋里,说是街坊邻居相处久了,舍不得离开。

吕品和宋珠结婚后不久,就开始了旷日持久的吵架,当然是没有外人在身边的时候。吵架的导火线就是匣子!宋珠发现吕品除教学之外,所有的心思都用在匣子上:兴致勃勃地逡巡古玩铺、古玩摊,长假日则去谒访僻远的乡镇;一见到合意的东西,出手极为大方,弄得家里的经济总是捉襟见肘。好在吵架归吵架,并没有剑拔弩张闹到不能同床共枕的境地。

宋珠说:"吕品,我当初为匣所诱,此后一生便为匣所苦,教我怎能心甘?"

吕品深作一揖,悄声说:"会有你开心大笑的一天,你等着。"

宋珠说:"我等着,等到海枯石烂的那一天?哦,明天是星期六,也是农历六月六的晒霉节,我爹妈打电话来,让我们去帮他们晒书、晒被褥和衣物,别去寻访什么鬼匣子了！"

"遵命。"

每逢休息日，宋珠喜欢睡个懒觉。她睁大眼时虽只七点钟，但已是晴光满窗。身边的吕品不见了，枕头边放着一张小纸条："我有急事外出，晚上回家。"

宋珠气得一块脸煞白，忍不住一拍床沿，恨恨地说："这日子没法子过了，离婚！"

宋珠在父母家忙了一天，吃过晚饭后回到自家，她得给吕品一个下马威，不管他买回什么珍奇匣子，先砸了再说！

钥匙在锁孔里旋转了两圈，门开了，闪入吕品瘦长的身影，又迅速地关上了门。

宋珠叉着腰、板着脸，站在客厅正中央。

吕品似乎毫不留意，说："夫人呵，我今日大有收获，用区区三千元买到一个清末的雕漆梳妆匣，器形完整无损，以备你这古典美人对镜梳妆！"

宋珠猛地冲过去，双手抢过梳妆匣，拼力往水泥地上砸去，再用脚使劲踩，只听哗啦啦一片破碎的声音。"你让我在爹妈面前丢脸！你去跟你的匣子过日子吧！"

吕品先是惊呼，然后伏地发呆，接着又仰脸大笑。"宋珠呀，你这一砸，砸出了许多珍珠，你快看、快看！"

这个匣子的四壁，竟是双层，从破毁处滚出了三十几颗颜色有些发黄的珍珠，直径都有七八毫米大，看得出是上了年岁的好玩意。

宋珠也愣住了，问："怎么会有珍珠？"

吕品说："这是大户人家的东西，是制作时特意放进去的，后人自然不知道。宋珠呀，你是砸匣送珠人！谢谢你了。一颗珍珠就值上千元哩。"

宋珠问："这匣子可以修复吗？"

"这个匣子……就不要了，我收藏的匣子里，还不知道暗藏着什么宝贝，我们得好好收着。"

"对。以后，你就放心去玩匣子吧，我不和你吵了。"

那个被宋珠砸烂的匣子，以后她再也没有见到了。她很奇怪，吕品跟他爹学过制作和修复匣子的手艺，怎么不用呢？

那些经过淘洗的珍珠，变得晶洁如玉，吕品穿成一串项链，戴在宋珠的脖子上，人马上显得富丽了。

有一天，小两口去看望吕品的母亲。老人指着项链说："这是上了百年的老货。"

宋珠问："你看得出来？"

老人说："我妈有过一串，是她妈送给她的，后来她又给了我。"

"还在吗？"

"不知怎么的，弄……丢了。"

（《连云港文学》2014年3期）

地 锦

      景影夫妇太喜欢这套新买的房子了，虽说是二手房，虽说只有一百平米，虽说与彼此上班的单位有着不短的距离。但是，这栋楼的外墙爬满了地锦，让呆板的水泥钢筋结构墙，散发出无限生机，美得可人。

      景影五十有五了，是林业大学园林系毕业的，以后又在园林管理局当技术员、工程师，再提拔到领导岗位上，如今是副局长了。景影一辈子与花花草草相厮守，心情好极了。妻子刘欣在中学教语文，生得小巧玲珑，特别喜欢古人写花写草的诗词和散文，年纪大了却常常萌发少女的情怀，这很难得。

刘欣常和丈夫开玩笑："景影，你这辈子是改不了拈花惹草的毛病了。"

景影点头称"是"，然后说："你常自比弱草娇花，我能不小心侍奉？"

"景影，这地锦的名字就很有诗意。"

"它还有俗名，叫爬山虎、爬壁虎，最有韧劲，值得世人效仿。"

这栋楼只有六层，所以没有电梯。年岁在二十年以上，地锦把外墙涂得很绿，根扎在墙根，藤则攀墙乱爬，卵状的叶子重重叠叠，像厚厚的毯子。景家住在五楼，客厅、书房、卧室、卫生间、厨房的窗口周围，都密集着藤和叶，有的还向窗口探进头来，充满着好奇心。到了六、七月间，藤叶间还会冒出淡黄带点浅绿的小花，娇滴滴的。落雨的时候，雨声沙沙啦啦，好听。

而下雪后,绿意上覆一层莹白,好看。盛夏骄阳如火,地锦却浓荫送凉;深秋下霜,叶子绿中透红,如无数跳跃的火苗。

他们之所以买这套二手房,是因为儿子要结婚,再买一套新房吧,钱还不够。于是将早几年买的一套大房子让出来,重新装修,做了年轻人的洞房。然后,他们寻寻觅觅,相中了这套房子安身立命。这一切都是静悄悄地进行,没有惊动单位的任何人。景影平日上班、下班,从不要单位司机接送,所以他搬家、安家没人知道。儿子结婚,景影也没给本单位的人发请柬。这叫自己的日子自己过,图的是一个清静。

这地锦使景影浮想联翩,假如每个社区的每栋楼,都细心培养这种"垂直绿化植物",那么,对于城市的空气净化和低碳化生活,功莫大焉。他起草了一个报告《关于倡导城市住宅楼培植地锦的几点建议》,局办公会议自然是全票通过,然后形成正式文件,上报市政府有关部门。

　　景影在地锦送绿的书房,完成这个报告的初稿后,第一个读者当然是老伴刘欣。刘欣边看边念,每到妙处,必大声叫"好"。然后说:"景影,我要为地锦口占一首诗。可惜,它不能录入你的大文,遗憾。题目是《咏护墙植物地锦》:地锦铺荫绿满墙,万家安乐笑炎凉。最珍春雨潇潇夜,叶叶歌吟湿舞裳。"

　　这回轮到景影喝彩了:"好,言近而旨远。可叹我无诗才,不能唱和。但愿这个报告能得到领导的认可,并大力推广,则为大幸。"

　　报告呈上去几个月了,如泥牛入海无消息。

　　景影很惆怅。

　　社区忽然贴出通知:将组织专人,把各住宅楼外墙的地锦全部清理干净,以便美化环境,参加全市"美丽家园"的评选活动。

　　景影感到很惊愕,这真正是瞎胡闹。一打听,是省里一位领导,在市里有关部门陪同视察时,随便说了一句"要显出外墙本色才有整体美感"的话,于是层层认可,雷厉风行遵命照办。

景影雷急火急去了社区的管理办公室,对一位年轻的女主任,口若悬河地说了一大通道理,关键词是:决不能清除地锦!

女主任漠然地看着景影,然后说:"上头有指示,我能不办吗?再说许多住户,都同意哩。你想想,我得请人,得发工钱,还要刷涂料,我愿意吗?"

景影大声说:"别人同意,我不能阻止。但我家的房子,当然包括外墙,是我用钱买的,是我的私有财产。我家外墙的地锦,决不能清除!谁敢清除,我上法院告谁!"

景影说完,气冲冲地走了。

一栋栋楼外墙的地锦,被清除干净了,再刷上白色的涂料。

只有景影家的外墙，还留着一片地锦，如白色波浪中的一个绿岛，格外扎眼。

景影对老伴说："我就守望着这一片绿色，可奈我何？"

刘欣默默不语。

有一天，正好儿子、儿媳回家来吃饭，刘欣对景影说："你早出晚归，社区的许多闲话你听不到。"

"嚼什么舌根子了？"

"国人有窥探他人隐私的好奇心，原本互不打交道，但因我家不肯清除地锦，便成了一个议论的焦点。他们说：这家牛，因为男人是园林管理局的副局长，副处哩，谁敢去惹他！"

"屁话！这是简单的维权，与当副局长何干？"

"还有人说，小偷喜欢到有权有势的人家作案，他留下绿的标记，可以直奔其家，不致大家受难。"

景影气得一拍桌子，吼道："这是什么混账逻辑！我若是贪官，有的是钱，还买这二手房干什么？"吼完了，无力地坐下来，连连叹气。

儿子、儿媳忙说："爹，我们也担心哩。万一小偷上门，偷不到值钱的东西，又正好撞着你们两个老人，撒气行凶，得不偿失呵。"

景影忽然老泪纵横，说："你们看着办吧……"

刘欣马上走向摆放座机的地方，拨号给社区管理办公室，说："我家外墙的地锦，你们去铲除吧。"

（《文艺报》2014年9月3日）

龙 票

　　这个地方叫戏台岭,处在湘潭城的郊外。几十年前,这里到处都是小山岗子,是岗如戏台,还是确因演过野台子戏而得名,则不得而知。如今,城市建设如吹足了气的气球,铆足了劲往四面扩充,戏台岭早已不复旧时模样,变成了一个一个的社区,水泥和砖瓦造就了新的风景。

　　五十五岁的龙子娱,是喜洋洋社区的清洁工。他曾经供职的一个街道小厂,在二十年前就破产倒闭了,从那时起他就开始打各种各样的工。虽然是一个人，赤条条来去无牵挂，但总得吃饭、穿衣，不能不去赚一份菲薄的工资。近些年，他有了低保的几百块钱，再加上打工的工资，觉得日子过得很滋润。他没有自己的房子，要房子做什么呢？聘用他的单位总会提供可以放下一张床的住处，这就够了。

他原本叫龙子如，后来有人告诉他，著名画家齐白石有个儿子也叫这个名字，他不想沾光，便改了个同音字"娱"。他喜欢"娱"字的意味，因为从小及长，他爱看京戏，娱目娱耳也娱心。他还说之所以到这个偏离城市的地方来做清洁工，是因为"戏台岭"的地名让他浮想联翩，快乐无比。

他爱看京戏，也能哼几段小生戏，嗓子尖而脆，是一个真格儿的票友。这个社区有个众乐乐票友会，老年人居多，也有几个年轻人。但没有谁邀约他入会，大概是觉得他还不够格。但他们无论何时何地，聚在一起唱戏、谈戏时，龙子娱会翩然而至，默默地坐在一边看和听。清洁工是分地段料理的，没有时间限制，任务是只要保持地面干净就行了。大家不叫他的名字，只称他为龙票，意思是姓龙的票友。

第一次有人叫龙票时，他笑了，说："你们抬举我了。"

"是吗？"

"你们可知道，清朝的皇族贵胄，业余爱看戏也爱唱戏，皇帝给他们发下带龙纹的票证，允许自娱自乐，但不能去公共场所登台献艺，更不可收钱卖艺，这叫票友。因他们身份显赫，又有龙纹票证，故称龙票。"说完，龙子娱哈哈大笑。

众人再不作声，一个扫地的这么会侃！

龙子娱的卧室、工具室、卫生间，在社区西北角的一座小平房里。他无需做饭，社区有公共食堂。洗澡就提一大桶水到卫生间去，哗哗啦啦洗个痛快淋漓。晚上，坐在床上打开随身听，听京剧名家的光碟。公家没有配备电视机,他也不想去自购电视机,听京剧光碟就很满足了。

城里的大剧院,间常有本地或外地的京剧团演出,头几排的票上百元一张,中间的票五十元一张,最后几排的票也要三十元一张。龙子娱常在夕阳西下后,赶紧吃饭、洗澡、穿戴齐整,坐公交车到城里去看戏。

社区的人对他说:"这太花钱了,你不该这么奢侈,听戏能长肉吗?"

他说:"我爱的就是这一口,不去,心里空落落的。"

社区的荷池边,有一座仿古建筑听雨轩。这天下午,众乐乐票友社的一群人,带着乐器来这里票戏。胡琴、板鼓一响,龙子娱忙不叠地跑过来了。先听戏,再扫地,都不误。生、旦、净、丑,虽没有化妆、着装,一个个在京胡声中唱得十分过瘾。龙子娱坐在一边,用手在膝盖上打着板眼,听得极为认真。唱完了,大家又互相提意见,但多是夸赞之语。

忽然有人对龙子娱喊道:"龙票,你可不能回回白听,你得进言作点儿贡献。"

龙子娱微微一笑:"真要我说?"

"当然。"

于是,龙子娱清了清嗓子,对几位的演唱,先说优点,再说不足之处,都是内行语,一下子把大家镇住了。

"唱《定军山》的老生,嗓子不错,有亮音也有娇音,尤其是老音见功夫,美中不足的是缺乏炸音和张口音。此段中的'管教他'的'他'字就须用炸音,否则唱起来就不'冲'了。还有《搜孤救孤》中的那句'我与那公孙杵臼把计定'的'把'字,就要用张口音。"

哗啦啦掌声响成一片。

"龙票呀,你是真正的行家。再说说!"

"我看各位的功夫都不错,别老是这么玩。是不是可以排几个折子戏,作古正经地登台演出?让社区的人过过戏瘾！"

有人说："我们也想了多时了。各人虽有些戏衣、道具，凑起来不够呵。"

龙子娱说："可以慢慢想办法。社区不是要搞文化建设吗？上面出一点，我们捐一点，反正，不着急的。我得去扫地了，再见。"

日子一天天地流逝，这件事却如石沉大海，音讯杳无。谁心里都明白，难啦。

三年过去了。

龙子娱突然患了肝癌，然后过世，享年五十有八。临终时，他把一个存款折子，慎重地交给守在病榻旁的社区领导，断断续续地说："这是平生所存的五万块钱，将来给众乐乐票友社添置戏衣、道具吧。"然后，微笑着合上了双眼。

众乐乐票友会的全体成员，闻讯在龙子娱的灵堂，含着泪唱了一整晚的戏。这个一生清贫的人，应该享用这种送别仪式。他们决定各自再捐些钱，置办像样的戏衣、道具，认真地排出几个折子戏，到各社区去演出，让大家好好地乐一乐！

(《文艺报》2014年9月3日)

鱼 桌

潭州市有个青年企业家协会，属民间团体，挂靠市工商联。凡四十五岁或四十五岁以下事业有成的企业家，无论公营、私营，皆可申请入会，成员竟然过百。主席团成员是经民主选举出来的，不过区区五人，一个主席四个副主席。

主席团每月有一次聚会，五人轮流在自家做东，商谈协会的日常工作之外，便是聊天、吃饭，为的是增进友谊，互通信息。他们都是私营业主，各有各的行当，且已成大气候。家家有别墅，皆建在风光秀丽的乡间；家家有好厨师，自然有拿手的名馔名菜；室内的家具和摆设，各有各的讲究，或名贵或高雅或时尚，力求凸显一种贵族气象。

秋风飒飒，菊黄枫红。

今天做东的是副主席舍子才。

上午九时整，主席勾玉山一行，各自驾一辆名车，来到舍府。

舍子才在本地和外地办了四家中药厂，规模都很大。四家工厂都有厂长、副厂长管事，他是董事长，很逍遥，很闲适。勾玉山与他年纪相仿，也是四十出头，是一家大型房地产公司的总经理，却总是风风火火忙得脚不落地。

舍子才穿着一袭青长衫，袖口稍稍挽起一圈，露出白绸内衣的袖口，显得又雅气又干练。他指着客厅正中央的一张大鱼桌，说："来，我们围桌而坐，抽烟、喝茶。"

舍府的大客厅,大家都很熟悉,雕花木窗,四壁字画,古香古色的家具,官帽椅、圈椅、茶几、花凳、长案、榻、橱、柜……年岁早的是明代,最迟也是民国的。是舍子才费时费钱淘来的,但整体的色调、形制十分协调。

勾玉山和舍子才有同好,只是他没有舍子才那么多闲工夫,亲自去寻觅古旧家具,但他不缺钱,可以托人去办。他觉得舍子才有什么,自己也应该有什么,怎么说也不能低人一头。

鱼桌四周摆着酸枝木圈椅,大家纷纷落座。接着,年轻的女佣端上茶来,特地说明是西湖龙井的极品明前茶,然后悄悄退了出去。

勾玉山说:"上次来,这鱼桌没有呵。"

"是早些日子从省城一个藏家手上买来的,他叫胡天。"

另一个人问:"多少钱?"

舍子才说:"不贵,八十万。是清中期大户人家的旧物。"

勾玉山是头一次见识鱼桌,养金鱼还有这种器具,绝了。桌架是绿檀木制作的,外沿雕着精美的花纹,镶嵌着天然彩色的螺钿;桌面及四周为透明的玻璃,而且上刻山水画图及诗文;桌面的玻璃可以移动,以便给鱼投食、换水;桌腿是虎爪形的,微弯,很有劲道。五彩斑斓的金鱼在水中游动,其中有不少名品,如朱额白体的"鹤珠"、朱颜白脊的"银鞍"、朱脊而有七个白点的"七星"等。

大家连声夸说这鱼桌好,高雅、气派。

勾玉山闷闷地说:"不谈鱼桌了,开会吧。"

所谓"开会",很简单,先是通过申请加入青年企业家协会的名单,再议了议为贫困学生捐款的倡议书。

勾玉山说:"这次捐款,主席团成员作个表率,每人捐多少合适?"

大家都不作声。

舍子才说:"我们每人五万,普通会员一万,怎么样?"

勾玉山说:"五万没问题,不过……会给普通会员造成压力。我们捐两万,他们捐五千,行不行?"

大家齐声说:"行。"

舍子才看了看壁上的老式挂钟,说:"该午餐了。厨师说主要吃阳澄湖蟹,黄酒也温好了。请随我到餐厅去。"

"好。"

……

十天后,曾卖鱼桌给舍子才的那个藏家胡天,突然从省城来到潭州的舍府。他们友好地坐在鱼桌边,谈得很有情趣。

舍子才说:"寒暄话也说过了,你不会无故来访,又有什么好东西要出手?"

"哦，舍先生，对不起，我是想把这张鱼桌收购回去！那是我爹的爱物，我背着他出手到底让他发觉了，老人家又急又气，病在床上了，不把东西拿回去，恐怕他老命难保，唉。"

舍子才眨了眨眼，默不作声。

"请你割爱，但决不亏你。我五十万出手的，这个数字我从不外泄，现再以九十万收回，如何？"

舍子才缓缓地说："朋友问我何价所购，我夸说是八十万，人有自尊心，请海涵。你又再加十万，我如固执，就不近人情了。我购鱼桌时，你将桌中所养金鱼一并馈赠。但你要购回时，金鱼我得留下，养在另外的鱼缸里，看看也开心。"

"完全可以。"

"下次有好东西，请第一时间告诉我。"

"好。放心！"

又过了些日子，聚会轮到勾玉山做东，大家兴致勃勃去了勾府的别墅。

在大客厅，勾玉山说："你们看看，我也有了一张和舍先生一模一样的鱼桌！"

大家左看右看，果然丝毫不差。

"哎呀呀，两位事业也罢，生活也罢，无分伯仲！"

"佩服！佩服！"

舍子才平和地说："我的鱼桌抛出去了，不想玩了。"

勾玉山说："是不是手头有点紧？我可以帮忙呀。"

舍子才淡淡一笑，说："我花一百万，购回了一尊真人大小的仕女木雕，摆在客厅的正中央。"

"什么材质的，这么贵？"

"是木化石整雕的。下次来我家，请你们长长眼。"

勾玉山说："好……现在，开会吧。今天要商议的事……多哩。"

（《山花》2014年11月（下半月））

紫鹊界

老摄影家关山越开着一台小车,沿宽敞平坦的山路,登上紫鹊界的山顶时,已是暮色四合了。

他从《新湘报》已退休七年,在职时是纯粹的摄影记者,丁点大的官衔都没有。退休后,当他自由自在的摄影家,因为在三十多年前他就是中国摄影家协会会员了。退休离岗那年,在一家大公司当总经理的儿子,送他一辆小车、一套高档摄影设备,笑着说:"爹,从长沙去紫鹊界,没有车不行;你要拍出好照片,没有好设备不行。"他拍拍儿子的肩,说:"知父莫如子,这礼物我收了!"

是呵,从长沙到新化县,车行四小时;从县城到远郊的紫鹊界,又得一小时。他是午饭后出发,到县城匆匆吃过晚饭,再奔紫鹊界而来的。

他跨着照相机,从车里走出来。秋风飒飒,稻香弥漫。放眼望去,远远近近,一层一层的不同形状的梯田,从山谷一直叠向山顶,最多的地方有五百多层。紫鹊界周围的梯田有八万多亩,一年只种一季稻。无法使用任何现代化的耕种设备,当然也不用农药、化肥,稻米的质地极佳,价格比其他稻米贵三倍以上。而且这里成了著名的旅游地,一年四季游人如织。

暮色由淡青变成深灰,等待收获的稻田呈现出厚重的暗金色,极有质感。弯弯曲曲的田埂抛掷出遒劲的线条,如蛟龙腾跃。天上出现了灿烂的星光,还有一弯月牙。散落在梯田各处的农舍,亮起了红红的灶火,亮起了橘黄色的电灯光。关山越忙打开照相机，不由得大声说："这梅坳垅果然没说大话，他说你来拍紫鹊界夜景，一定会有收获，果然！"

话音刚落，不远处一座供游客歇脚的木头房子里，走出一个头扎长巾的汉子来，喊道："关兄，我在此等候多时了。"

关山越一回头，惊喜地说："梅兄，你怎么来了？"

"你公子打的电话，怕你有闪失哩。"

"你从谷中的八卦冲走来，几多费力，你比我还大三岁哩。"

"别哆嗦，你先拍照，我到木屋里去煮茶，等会儿我们再扯谈。"

"好。"

关山越第一次到紫鹊界来，是1975年秋，那年他正好三十岁。他是从工厂宣传科调到《新湘报》当摄影记者的，在此之前他只是一个搞新闻报道的业余通讯员,但拍过不少好照片登在报纸上。上任没两月,省里"农业学大寨"办公室的负责人找到他,说新化紫鹊界开垦的梯田比山西大寨的规模还要壮观,是个值得宣传的典型。于是他随陪同的人,在稻熟时节来到了紫鹊界。那时提倡采访作风的简朴,没有惊动当地任何人,花了几天时间拍了一大组照片回到省城。

这组照片以专版发出,大标题极醒目:《紫鹊界——农业学大寨的标杆。》接着组照又参加了全国摄影大展。

关山越成了摄影界升起的耀眼新星,成了报社的骨干摄影记者。

有一天,关山越正在编辑部开会。

忽然有人告诉他,有个来自紫鹊界的农民,在门外有事找他。他赶忙出来,站在面前的是个陌生人,三十出头,但显得老气,青裤、白短褂,赤脚套一双草鞋,头扎一条长巾,粗眉、大眼、阔嘴。

"我叫梅坳垅,是专门到省城来找关老师的,能不能找个安静的地方说话?"

"在这里说吧。"

"不。"梅坳垅摇头。

关山越只好把他领到摄影工作室。

梅坳垅顺手把门关了。

"关老师,别沏茶,我说完就走。"

"哦?"关山越觉得很蹊跷。

"紫鹊界的梯田,不是现在开垦的,是秦汉以前就开始了开垦,然后历朝历代越垦越多。之所以旱涝保收,是紫鹊界特殊的地理结构造成的,是天地的造化,与农业学大寨沾不上边。我读过一些古书和地质资料,抄录成一份材料,给你作参考。"

梅坳垅从一个印花布做的袋子里,掏出一叠材料纸,慎重地递给了关山越。

"你怎么不直接找报社领导说,或者向省里有关部门反映情况？"

梅坳垅说："谁愿意听这种不合时宜的话？我只悄悄对你说就行了，因为你是个有才华的人，才华必须用在正处。好，我走了，也许……后会有期。"

望着梅坳垅远去的背影，他恍然若失。

这一夜，当关山越读完梅坳垅送他的这一叠资料后，他真的失眠了。关于梯田肇兴于秦汉之前，关于梯田历朝历代的开拓渐增；以及紫鹊界属于基岩裂隙孔隙水类型，地下水极丰富，成土母质为花岗岩风化物，岩体多节理、裂隙，疏松透水，从谷底到山顶都如此，故旱涝无碍，丰产年年……各种史料、地质信息尽列。他惊叹梅坳垅虽是个农民，却学富五车；同时又有仁心，若真的将此事揭穿，虽责任不在他，但他在报社就丢大面子了。如此神奇的紫鹊界，不能不让他梦绕神牵；素昧平生的梅坳垅，不能不令他视为知己。

在此后的岁月里,他多少次到紫鹊界叩访、拍照,多少次与梅坳垅把酒临风、倾心交谈?真的说不清了。他一心一意要拍真实的、诡丽的紫鹊界,春、夏、秋、冬,雨、晴、风、雪。他拍紫鹊界永恒不变的梯田格局,拍紫鹊界与时俱进的姿仪:新的水稻品种的试验、旅游观光的奇妙景点、农家生活的日渐富足……

他对梅坳垅经常说的话是:"当年的失误使我与紫鹊界与梅兄结缘,我要用毕生精力来为紫鹊界正名,更是为开拓紫鹊界古往今来的农民树碑立传,直到我端不动照相机,奄奄一息为止。"

今晚又拍了不少好照片,进京的影展就差这几幅了,这个组照就叫:"星汉灿烂,若出其里。"句子出自曹操《观沧海》一诗中。

关山越听见梅坳垅打开木屋的门,走出来大声喊道:"关兄,水开了,茶沏好了,快来喝茶吧,是紫鹊界的'鹊舌毛尖'!"

"来了!来了!"

关山越想:喝完茶,要让梅坳垯站在梯田边,给他拍一张弱光肖像照,而且在影展上放置在第一张。

(《文艺报》2014年11月21日)

炸油条段

住在"美丽家园"社区的鞠老爷子鞠宗正,最喜欢吃大老李炸的油条段,不但焦、酥、香,而且有嚼头,可当早餐,也可当下酒的菜肴,妙不可言。

大老李是从安徽乡下来的,因为独生子到湖南的潭州市来打工,他们也就跟来了。一家人租了一个小套间,日子过得很快活。儿子在一家建筑公司当起重工,早出晚归。长长的白天,大老李夫妇也不闲着,老家过年过节喜欢炸油条段吃,这玩意湖南没有,于是,他们看到了商机。一开张，果然是顾客闻香而至，生意很红火。

什么是炸油条段呢？先是炸出油条，然后把油条切成两寸来长的"段"，用筷子把里面捅穿，再把切碎的葱、姜、蒜、土豆丁、肉丁，拌上油、盐、酱，塞进去，两头用湿面糊封好，再下油锅炸。一份大概是两根油条的数量，只卖五元钱。

"美丽家园"住了好几千人，不但鞠宗正"好"这一口，很多人吃了都赞不绝口。

离社区大门右侧不到五十米的地方，有一棵上了年岁但依旧枝繁叶茂的老樟树，大老李的摊子就设在樟树下。两口子系着白围腰、戴着白帽子，脸上浮着永恒的笑。大老李是当家师傅，专管炸油条和油条段，手执一双粗长的木筷子，站在火旺烟飘的大油锅前。妻子是助手，管切油条、捅油条段、塞菜料、交货、收钱。他们从不吆喝，那香味比声音更能吸引人。

鞠宗正每次走近摊子,就大声说:"大老李,来四份!"

大老李马上应道:"谢谢鞠爷啦。你喜欢炸得老一点的,我给你挑。"

"大老李,安徽人做菜擅长用酱,你的配料中,酱就用得恰到好处,炸出来的油条段别有风味。我退休了,喜欢呷几口酒,有这样的好玩意与酒相伴,真过瘾,一天不吃心里慌。"

"鞠爷,你是行家里手,我更得下功夫才是。"

鞠宗正哈哈大笑。

有一天早晨,当鞠宗正走出社区大门,那股诱人的香气闻不到了,往右边一看,樟树下竟然空无一人。他问守大门的年轻保安:"大老李没来吗?"

小伙子说:"没见着。"

鞠宗正着急了,他想,是不是大老李嫌这里生意不好,另换了地方?不可能,昨天还对他说,这地方的人热情,都来捧他的场,每天的备料总是用得光光的。

是不是这两口子中有一个病了，出不了摊？也不是，昨天还是神完气足的，没有一点病的预兆。此刻，他不仅是挂念着炸油条段，更挂念这对外乡人了。好在平日问过大老李的住处，就在这附近。他要上门去探看探看，有什么要帮忙的，他可以尽一份心意。

一个多小时后，鞠宗正垂头丧气地回到家里，情绪很低沉。

老伴问："炸油条段呢？你都吃了？怪不得去了这么久才回来。"

"炸油条段没有买了，以后也买不到了！我去了大老李家，听他说了一阵话，他说再不敢出来摆摊子了！"

"为什么？"

"不知道哪来的几个流氓，小混混，见大老李生意好，昨晚去了他家，说每天要收保护费五十元，否则就砸他的锅，掀他的案子。他是外乡人，害怕呵。即使麻起胆子出摊，一天收去五十元，他们赚的钱就少了一半，不如在家闲着。唉。这炸油条段吃不成了，难受！我这点爱好，也被狗日的剥夺了，可恨！"

老伴久久不作声，忽然大喊一声："把儿子叫回来，他不是警察吗？歹人敢横行霸道，就该雷厉风行地整治！"

鞠宗正说："是呀，是呀。"

儿子鞠奋飞是这片地区的派出所所长，快四十岁了，成了家，有了孩子，自起炉灶过日子。这段时间他到外地去学习，昨天晚上才回来的，打电话来说，今天下班后会来先向父母报个到，明天是星期六，他带着全家来热闹热闹，星期天他又要值班了。

鞠宗正觉得这一天特别长，没有炸油条段佐酒，酒也变得寡淡少味。天一落黑，总算把儿子盼来了。还没等儿子坐下来喝口茶，鞠宗正就急着把事情原委一口气讲完，然后说："奋飞，派几个人去把歹徒抓起来，真个是无法无天了！"

奋飞很冷静，问："这几个歹徒住在哪里？大老李不知道，你也不知道。再说，抓人得有真凭实据，你听的只是大老李的口述，那些人对大老李怎么勒索保护费的现场情况，有摄像吗？有录音吗？"

鞠宗正说："没有！那怎么办？"

"爹，你别急，我有办法。你去告诉大老李，让他明天准时出摊就是。保护公民的利益，人民警察义不容辞。"

"儿子，爹这就放心了。"

第二天一早，鞠奋飞领来了老婆和儿子，然后问爹："大老李出摊了吗？"

"肯定出摊了。"

"你不去买炸油条段？你儿媳、孙子昨晚听我一说，馋得流出了口水。"

"好。我今天去买十份，让你们吃个够。"

鞠奋飞随爹出门时，顺手提了把小木靠椅，带上几个铝食盒。铝食盒是派出所食堂用来为民警盛饭菜的，盒盖上写着醒目的红漆大字："光明派出所"。

鞠宗正大惑不解，问儿子这是干什么用的。

儿子说："我穿着警服，买了炸油条段就坐在摊子边吃，吃了再在那里值班，那些坏家伙还敢来吗？从食堂借来几个食盒当然有用途，我不在时，盒子就威武地摆在案板上，让他们轮流替我值班。不过，盒子不会白放，每到中午，我会派人来买几份炸油条段，用盒子装好带回去，让大家尝个新鲜，再把带来的空盒子留下来。爹，你放心，是我自己掏钱，决不会白吃白占。"

他们来到大老李的摊子前。

大老李说："鞠爷，我的手老发抖，怕。"

鞠奋飞说："我今天就坐在这里为你值班，你怕什么？"

鞠宗正说："这是我儿子，他是派出所所长，你有什么可怕的？"

大老李说："太谢谢你们了。可明天、后天呢？"

鞠奋飞把几个铝食盒，放在案板的边上，侧立着一字排开，盒盖上的红字"光明派出所"正好对着外面，老远就能看见。

鞠宗正说："来十份！八份我带回去，两份给我儿子坐在这里吃。这是五十元，请收下！"

大老李的妻子说："这个钱我们不能收。"

鞠宗正说："你不收钱，那是让我儿子犯错误，必须收！"

大老李对妻子说："收吧。"

鞠宗正说："奋飞，到中午时你回来吃个饭，再来值班吧。"

儿子说："不，中午我还是买大老李的炸油条段吃，这东西吃不厌。"

"那我让你老婆端杯酒来？"

"既然是值班,就不能喝酒,免了。"

"做得好!"

……

大老李天天都在老樟树下卖炸油条段,平安无事,没有谁敢来收保护费。

天天中午时,派出所有警察来取装满炸油条段的铝食盒,付了钱,再放上空盒子。

十天过去了。

鞠奋飞告诉爹,铝食盒再不用取和放了。他把所里值班室的电话告诉了大老李,如果有情况,保证随叫随到。

鞠宗正说:"你做东用了不少钱,由爹来补贴你。"

儿子笑了:"爹留着买炸油条段下酒吧。"

鞠宗正说:"正合我意!"

(《芳草·潮》2014年6期)

槟榔王

潭州城的男女老少,最喜欢吃的零食,是槟榔。槟榔是放在口里嚼的,嚼尽此中滋味,便把渣子吐掉。大街小巷的清洁工说:"扫来扫去都是槟榔渣,比烟头、纸屑还多。"有民谣唱道:"潭州人是个宝,口里嚼把草。"可说是最形象最生动的表述。

槟榔果并不产在潭州,它的产地在海南、广东、云南,以海南所产的最佳,槟榔业只用海南的原料。槟榔果长在高大的树上,春生夏熟,当地人把新鲜的长圆形的果实切成瓣，用栳叶包了放在口里嚼，嚼得红汁泱泱的。苏东坡流放到海南时，就写过"槟榔嚼得满口红"的诗句。槟榔果晒干后便成了中药伏毛，化痰、避疫、健齿、消食。潭州是明、清时三大药都之一（另两处是河北安国和江西樟树），集散着全国各地的药材。清兵入关后，有聪明的商家看到了槟榔果的市场前景，用其鲜嫩者晒干、炮制、切成船形瓣，加入各种佐料，制造出一种全国独有的小食品。屈指算来，潭州人嚼槟榔已有三百多年历史了。

在潭州城的金富街，专事批发和零售槟榔的店铺只有一家，名曰：槟榔王百年老店。气派的三层楼格局，一楼是门面和店堂，三开间，又宽敞又明亮，设柜台、货架，以及供人休息、喝茶的案几、圆凳；二楼是洽谈大宗业务的地方，有茶室、会谈室、电脑房；三楼呢，是总经理王娭毑下榻、吃饭的地方，有专门为她服务的女佣人料理日常事物，还专设一间客房，供三个儿子轮流来值夜。王娭毑七十多岁了,有佣人服侍,还得有尽孝道的儿子可随时召唤。

潭州城经营槟榔生意的,有不少店铺,但比不上这家老店名声赫赫。这里只是总店,城里还有几家分店,制作槟榔的车间和科研室、检验室,则设在郊外。这样的大企业,员工有三四百人,真是兵强马壮啊。有人估算,它一年的销售额应该在两千万元上下,纯利不会少于八百万元。

可惜十年前,王娭毑的丈夫患病辞世,她慨然从幕后的贤内助,成了这百年老店的总经理。三个儿子大海、二海、三海,由她任命为副总经理。在她的指挥下,儿子、儿媳各管一行、各司其事,一切都井井有条。

王娭毑姓文名元秀,但她不喜欢别人叫她"文总"或"文娭毑"。她说她是王家人,这份家业和"槟榔王"的品牌只属于王家。

偶尔在店堂巡视,或到金富街上走走,和王娭毑亲切打招呼的人，不知有多少。

"王总，你是现代的佘老太君，行兵布阵，样样在行。"

"哪里哪里，精气神比先前差多了。"

"王娭毑，你命好，儿子、儿媳又孝顺又能干。你团拢一家人干大事，外人休想打歪主意。"

"当然当然。"

入夏了。

这个月轮到长子大海值夜。

大海四十多岁，是第一副总经理，协助母亲管全面的工作，但重点是管人事（招聘和辞退员工）、采买槟榔果和车间的生产。二海管财务，其妻是总会计师；三海管营销兼后勤工作，其妻是出纳。只有大海的妻子没在这里任职，她在一家国营超市当部门负责人。

每到暮色苍茫，大海会自驾一台小车匆匆赶回总店，陪母亲吃过晚饭，再陪母亲喝茶、聊天。

王娭毑发现大海的脸色很疲惫，声音有些沙哑，便说:"大海,你太累了。我知道,你的两个弟弟比你操心少,又很看重养生,长得白白胖胖的。"

"妈,我不怕累,身体吃得消。我是心累,着急上火。"

"着什么急上什么火啊?妈老了,但还硬朗。你只管放开手脚干,出了事有我担着!"

"妈,所有的领导岗位,都是一个家族的人占着,能者、智者无出头之日,怎么想?家族经济与现代企业毕竟是两种模式,后者才是正途。"

"家族经济有什么不好?王家的人说了算,打虎亲兄弟,上阵父子兵。你放心,天塌不下来。"

"那就好……妈,我累了,我得赶快去睡。"

"去吧。"

……

母子俩的谈话,每晚都在喝茶时进行。一连串不好的消息,断断续续从大海的嘴里传出来:

城中的同行,今年改变了采买槟榔果的方式,把一个个私人的槟榔树园子包下来,按每棵树历年所产果实的平均重量预先付款,别人再无法插手。

几个车间的技术骨干打报告要求辞职,因为任车间主任的是王家的亲戚,颐指气使,瞎指挥生产。

科研室开发新产品的高级工程师,因外厂用高薪聘请,已口头向大海申请准备"跳槽"。

二海巧立名目,把一笔笔钱转了出去。三海管后勤,采买的不少东西,价格莫名其妙的高昂……

王娭毑听了,又着急又气愤,问大海:"你说,我该怎么办?"

大海说:"你说怎么办就怎么办,你是总经理、法人代表啊。"

"这样下去,老店只能兵败如山倒,还是槟榔王吗?"

"妈,我不想干了。我只要应得的一份!现金和财产的估算款,你占大头,其余的我们兄弟三家平分。我得去另找一条活路,等到破产那一天,就迟了。你细想一下,让弟弟们权衡权衡,再明明白白开个会。"

王娭毑大吃一惊,满头白发乱颤,然后对大海挥挥手,说:"你去睡吧,让我一个人想一想。"

王娭毑整整想了一夜。天快亮时,她心里一亮,忽然明白了是怎么一回事。大海要抽身另干,不是真话,想重新整治企业才是目标。大海是能人,留下和离开都能呼风唤雨,二海、三海远不是他的对手。但大海却把最后的生杀大权,推给了自己的母亲,让她去为他扫清障碍,这是最体面最合情合理的"逼宫"。甚至槟榔果的无法采买、员工的辞职、监控弟弟和弟媳的账目……都是大海的精心策划和操作。她要保住百年老店的招牌,只能靠大海,这一点他们是不谋而合的。她最后能做的,是恩威并施让二海、三海及其妻子完全退出企业,只享有他们应得的股份和每年的分红;任命大海为总经理,并成为法人代表;她也要完全退休去安度晚年,连"顾问"的衔头都不要……

天色完全亮了，天边泄出一道一道的霞光。

王娭毑洗漱罢，急急地走向客房，敲响了房门，喊道："大海，我们的槟榔王，你起床了吗？"

大海脆亮地答道："妈，我在等着你哩！"

（《天池》2015年3期）

口 戏

这个"五七干校",全称叫"反修防修五七干校",地处湘潭市远郊的茅山冲。有山有谷有树有花有水田有菜地,一栋栋的土坯茅草房,散落在山边、田畔、树林中。1969年冬,本市文艺界各个行当的人物,当然是多多少少有些问题的人物,都被遣送到这里来了。

我是戏工室的专业作家,曾写过几出古装戏,颂扬的是封建朝代的贤臣良将,属阶级立场有严重错误,被批得昏天黑地。能够来干校,我反觉轻松,比在单位没完没了地写检讨强胜百倍。白天劳动,晚上开会,然后上床睡觉。就是总觉得饥肠辘辘,一餐一钵饭,一碟缺油多盐的小菜,荤腥是难得一见的。在家时,妻子亲操厨事,让我吃得饱也吃得好,从没有饥饿的感觉。我是典型的"君子远庖厨",不会也不想做饭炒菜,除了看书和写戏,什么事都干不了。

我当时四十岁,正是要大量消耗能量的时候,饥饿的煎熬让我度日如年。

戏剧界的人分在一个生产队,住在一个大院,每间房住八个人。我和曲艺团的口技演员乐众住上下铺,他上铺我下铺。原先虽和他碰过面,但交谊不深。现在都落难了,大家顿感亲热。

乐众五十二岁了,他爷爷和父亲都是有名的口技演员,可惜都已过世。他七岁开始学艺,干这行四十多年了,最拿手的是学百鸟鸣叫,斑鸠、黄鹂、杜鹃、乌鸦、百灵、孔雀、麻雀……惟妙惟肖。他曾随团出访过苏联、南斯拉夫。这是两个修正主义国家，乐众也就有了人生的污点。

乐众把口技叫做"口戏"，远在明代就有了这个称谓。还说他的原籍是北京，祖上是清末著名口戏大师"百鸟张"张昆山的入室弟子，以后卖艺南下，就在湘潭定居了。

有一天晚饭后，我对乐众说："我总觉得饿，难受。您呢，口戏大师？"

"吴致小友，彼此彼此，而且，所有的人都一样。我这辈子，会吃也会做，厨艺是相当好的，会做不少名菜。您呢？"

"蠢材一个，只会吃。"

"只会吃的叫美食家，会吃会做的叫吃家，我是真正的吃家。"

"乐大师，没事时给大家讲讲食谱，应该会有'望梅止渴'的效果。"

"这是个好题材，我可以说得绘声绘色。"

冰天雪地，我们修了一天的水利，在食堂吃了顿半饱的粗菜淡饭，然后又去会议室学了两个小时的《人民日报》社论，这才回到宿舍，洗脸洗脚，再上床睡觉。

十时准，熄灯了。

军宣队、工宣队的人，住在院子外面的那几栋屋子里。

床板的响声此起彼伏，每个人都在床上翻动，睡不着。

我听见上铺的乐众轻轻地坐了起来，接着他操着堂倌的语调，高喊一声："欢迎三位来'东来顺'，里面请！"接着又说："涮羊肉三斤，上火锅、调料呵——"

屋里的人止住了任何细小的响动，在屏息静听。

乐众模仿三个客人移动板凳、落座的声音，再模仿一老叟和一对年轻夫妇的对话。

"爹，您先涮！"

"爹，儿媳先给您涮一筷子，这是礼数。"

"你们知道吗？在北京和北方其他地方，这涮羊肉叫作'野意火锅'，是随满清入关传过来的。'东来顺'肇兴于1903年，先是设摊；1921年，建起了馆子。此馆第一是羊肉好，选用的是内蒙古集宁的绵羊，且必须是阉割过的重五六十斤的公羊，每头羊宰杀后大约只有十五斤左右的肉可供涮用；第二是刀工好，羊肉要冰镇后再切成薄片，一斤肉要切出六寸长、一寸半宽的肉片四十至五十片；第三是调料好，芝麻酱、绍酒、酱豆腐、腌韭菜花、酱油、辣椒油、虾油、米醋、葱花、香菜末，任其喜好去调配。火旺了、水开了，涮吧。"

我的嘴角流出了涎水，闻到了满屋子的肉香、调料味。

接着，乐众用嘴制造出筷子夹肉与碟子相触的声音，夹着肉在沸水中来回涮动的声音，舀调料搅拌的声音，夹肉入口咀嚼的声音。间或还传出添木炭的声音，火星子爆响的声音。老人手笨,将一个瓷勺掉到了地上,破碎声很清脆。

大家"呵"了一声,好像看见了瓷勺的碎片。

乐众忽然说:"今晚我们吃饱吃好了,睡吧,明日还要干活哩。"

这一夜,我睡得很安逸。

我们忽然觉得有盼头了,天再冷,活再重,饭菜再简单,都无所谓了,因为临睡前有一顿让人朵颐大快的盛餐。

说菜谱,有声有色,有场景,有人物,乐众投入了最大的创作热情,这是他过去从没有演过的节目。

松鼠鱼、鲜鲫银丝脍、全蛇宴、佛跳墙、熘白菜、大闸蟹……有的表现制作的全过程,有的表现吃时的真实享受。

这消息不知怎么被别的宿舍的人知道了,熄灯后,悄悄地蹲在我们宿舍的门边、窗前,听乐众说菜谱,好好地"吃"一顿后,再高高兴兴地去安睡。

乐众在水田开秧门的时候,突然被勒令搬出我们宿舍,搬出这个院子,住进院外军宣队、工宣队的那几栋屋子里去,而且是单间。干活也不跟我们在一起,他单独一个人到山冲里一块坡地上去放一群羊,不与任何人接触。

有一回,我因干活砸伤了手,被批准休病假三天。我装着午饭后散步的样子,离开大院渐行渐远,去了乐众放羊的地方。我没有走上前去,只是站在一丛灌木后,拨开枝叶往外看。乐众背对着我,站在一群山羊前,大声说菜谱,说的是任过湖南督军的谭延闿家厨中的一道名菜"神仙鱼",从制作到品尝的声、色、香、味。听完了,我忍不住大喊一声:"好!"

乐众转过身来,拱拱手,说:"我早看见你了,谢谢你来捧场!我在排新节目,总有一天要登台演出的。"

……

"文化大革命"结束了,"五七干校"烟消云散,我们都回到了各自的单位。

　　曲艺团举办了"乐众口戏首场演出",一票难求。乐众打发人上门给我送了一张一排的票,还捎话说,除以往的传统段子之外,说菜谱是重头戏,望莅临捧场。

　　我当然要去一享耳福、眼福、口福。

　　观众疯狂地为说菜谱鼓掌、喝彩。

　　乐众说完"神仙鱼"时,忽然现场抓彩,对着我说:"坐在第一排正中的吴致先生,系我在'五七干校'的同学,对'神仙鱼'您可中意?"

　　我站起来,双手抱拳,大声说:"此天下美味,先生是独一份,我谢谢您了!"

(《文艺报》2015年4月3日)

野菌王

　　望衡县是个山区县，因可以遥望南岳衡山而得名。真正处在衡山余脉地段的是跑马乡，与县城相距近百里。而该乡的古木村，则与邻县搭界，四周山峦起伏，林木茂密。但冷浸田一年只能种一季稻，产量也低；菜地东一块西一块，由分散的人家自去打理。好在还有茶叶、茶油、木材、草药的出产，日子倒也过得自给自足。

　　覃子良是古木村的村长，六十来岁，长得结实粗壮。覃家的一栋两层的砖瓦房，矗在山深林密的葫芦谷，只有他和妻子秀姑两个人居住。大女儿、二女儿早嫁到外县去了；小儿子覃小锋大学毕业后，考上了本县文化局的公务员，也成了家，如今三十二岁了。

覃子良常对秀姑唠叨："小锋怎么就不进步呢？上十年了，还是个普通干部。我都是带'长'字的村长哩。"

秀姑笑了，说："村长是个什么官？有级别吗？"

覃子良颈根一硬，说："可我还是有名的'野菌王'，会采菌，赚得到活钱，这栋砖瓦房是怎么来的？用卖菌子的钱建的！"

秀姑不作声了。

这片山区确实出产菌子。菌子就是蘑菇，古书中又称作"菰""蕈"。很多人只是碰到了，随手采来做菜吃，而且是一般常见的菌子。但覃子良却是可以定时定点去采，好像到自家菜园里摘菜摘豆一样，而且总是满载而归。他认识各种各样的菌子，品优品劣，有毒无毒，怎么处置，怎么烹炒，都是他爷爷、父亲口传身授。他也遵循祖训，这些奥妙从不对外人言。

菌子主要生长在春、秋两季，常见的有地皮菌、丝茅菌、雁鹅菌。覃子良却能从他人很少去的密林里、草坡上、沟壑边，找到洁白的菌伞上有绿色、黄色斑点的绿豆菌、黄豆菌，深紫色的平片菌子名叫紫云菌，有一种成群成簇个如红宝石般的胭脂菌。胭脂菌采回来后，则要经过灶火熏烤，才能食用，否则麻口。此外，还有寒露节前后才长出的寒露菌，洗净、晾干，再浸泡在盛着茶油的坛子里，称作茶油寒菌，可炒可煮，味皆鲜美。要找到这些菌子的生长处，得会看"菌脉"。菌子落下孢子才生长菌丝，土里有菌丝的地方叫"菌脉"。覃子良有好眼力，知道"菌脉"在哪里。

寒露节快到了。

覃子良的手机忽然响了，是儿子打来的。

"爹，今年的寒露菌别卖出去了，都留给我。"

"小锋,你要这么多干什么?往年的这几天,我可以采五六十斤。五十元一斤,我可以收入一大笔钱。"

"爹,我要它有大用,绝不是为了转卖给别人。钱,我给不起,就当你赞助儿子吧。菌子要用茶油浸泡,放在坛子里,一共要十坛。"

"好吧……好吧。"

"爹,你儿媳妇要跟你通话。"

"我听着哩。"

"爹,你孙子最喜欢吃寒露菌了。到时候,我们会开车来拉。"

"呵,好,好。"

……

一眨眼,冬至节快到了。

风刮得紧,霜下得重,只是还没下雪。

早饭后,覃子良和秀姑坐在厅堂里,烤着木炭火。

"那十坛寒露菌,够我们孙子吃大半年了。那阵子采菌累狠了,差点让我这把老骨头散了架。"

"是呀,老头子本事大哩。"

覃子良的手机响了,一接,说话的竟是孙子。

"乖孙子,放寒假了吧?你爹妈上班去了?"

"嗯。爷爷、奶奶,我想吃寒露菌。"

"孙子,你家里有的是,等你爹妈回家了,让他们给你做菜吃。"

"家里没有了。"

"怎么没有?十坛!"

"都送人了。"

"送给谁了?你说。"

电话里传来哭声:"送给他们单位上的人了。爹妈说,他们要进步哩。"

"屁话!就不能留一坛子给我孙子!"

"他们说,这样的好东西,城里有身份的人才看得上眼。"

关了手机，覃子良的脸色很难看，忍不住连连叹气。

"现在正是冬至菌出土的时候，只是又少又难找。也只有我们这地方有这玩意，我马上进山去。"

"老头子，天冷、路滑，去不得！"

"不怕，找到了，我要坐长途汽车送去，让孙子好好尝尝老家的风味。"

"好——"

覃子良的眼里，忽然涌出了泪水……

(《小说月刊》2015 年 2 期)

守排人

　　潭州木工厂制造、加工的产品,是枕木、家具、包装箱、枪托、弹柄、纤维板、木屑板。所使用的原材料,自然是山里的各种树木,杉、松、柏、樟、桐、柳、梓、楠……它们远道而来,或陆运(火车、汽车)或水运(放木排),一年四季源源不断。杉木修长而质轻,主要是扎成大块的木排顺流而达。原木的贮存、检验、发放,由贮木场负责。

　　木工厂的各个车间,由一大圈围墙围在湘江岸边,已是城郊地界。而停靠木排的枫溪湾,则离此不过四五里水路。湘江在这里拐出一个大湾,风平浪静,岸上也没什么人家,十分幽静。白天起运木材,人喧车吼,很热闹。但到了晚上,就只剩下一个守排人,冷森森的。

外号叫刘泥鳅的刘荣生,是一个永恒的守排人。天一黑他就来上班,天一亮他就下班回家,几十年如一日。

守排的活计很轻松,但责任重,防偷防盗,防风高浪急锚松缆断,而且夜夜不能和家人团聚,秋雨、冬雪更是苦不堪言。聊可安慰的是每个夜班,有三毛钱的津贴费。当年贮木场领导让大家自动报名时,都低头不应。三十岁已结婚四年并有了两个孩子的刘泥鳅,蓦地站起来,大声说:"我去!"

在场的人松了口长气,有人开起了玩笑:"你夜夜不能抱着老婆睡,她没意见?"

刘泥鳅说:"白天可以找时间抱,由得了她?"

于是哄堂大笑,鼓掌叫好。

刘泥鳅自小就住在湘江边,身体壮,水性好,脸黑,身上也黑。长大后,很喜欢喝酒,越烈越好,而且量大,很少有醉的时候。他之所以看中了守排的工作,一是白天可以把家务事料理得清清楚楚;二是守排有白酒配备,驱寒去湿,属防护、保健用品;三是他喜欢清静,一个人自由自在。

有一年快过春节了,厂宣传科给家家户户送去春联。宣传科有腹笥丰厚的人,给各家的对联都是自撰自书,皆大欢喜。刘泥鳅很喜欢给他家送的对联:"笑陪一江风浪;独守几块木排。"

"独"不假,"笑"亦真。天一黑,他腰系一个盛酒的葫芦,高高兴兴地来到了木排上。木排上有一个"人"字形的杉皮木棚,刮风落雨下雪时可供他坐和卧;天气好时星月交辉,他喜欢坐在木棚外,不时地喝口酒，其喜洋洋者矣。有时，酒催头热，他会唱几句山歌，而且多是表现爱情的。他最喜欢唱这一首："想妹想到夜三更，棉被冷似水淋淋。忙抱枕头当作妹，满身飘起火烧云。"他想的是谁呢？是他的老婆。

刘泥鳅困了时，就到木棚里的地铺上眯一眯眼，天热是赤膊、短裤，天冷盖着被子也是短裤、赤膊。他头一落枕，鼾声便起，但只要木排上有细小的声响，他立刻就醒。

有一年冬天的一个深夜，白天下了雪，木排上积雪很厚，反射出一片朦胧的雪光。刘泥鳅喝过几口酒后，钻进被子里酣睡。到凌晨三点钟时，他听见木棚外有细碎的脚步声，从木棚一头一尾两个方向包抄而来。他马上意识到，这是六个人，肯定是歹徒，企图在不声不响中，把他摁倒、上绑、口里塞上棉花，然后好偷窃木排上堆放的零散贵重木头：金丝楠、紫檀、绿檀、酸枝木。他悄悄地灌下几口烈酒，短裤、赤膊蹿出被子，再飞快地跳出木棚,大喊:"抓贼呵!抓贼呵!"

那几个人早已"踩点",知道这是个僻静处,依旧向刘泥鳅逼近。刘泥鳅快速地退到木排边,警告说:"今夜有雪光,我已看清你们的面目了!有本事的,跟我来!"说完,他一个鲤鱼翻身跳入冰冷的水中,游到两丈开处,再停下来,原地踩水让身子向上昂出一截,一边大笑,一边大喊:"抓贼呵!抓盗木贼呵!"

歹徒先是愣住,接着是惊慌。为首的一个大汉一挥手,他们便急急地逃离木排,上岸去了。

还有一年的一个秋夜,皓月当空。一个看似文静的小伙子拿着钓竿,到木排上来垂钓。他坐在临江的木排边,远离木棚,旁若无人的样子。刘泥鳅知道,这个季节钓的是鳜鱼,春鳜肥秋鳜也肥。小伙子还从帆布袋里拿出一瓶"茅台"酒,不时地小啜一口。

酒香随风飘过来,刘泥鳅的喉结立马上下蠕动,心里说:"好酒!"他坐在木棚前,一直盯着小伙子,趁月到这里来垂钓,还带了酒,觉得这是个有趣的人。到子夜时,小伙子还一无所获,他收拾好钓竿,拿着酒瓶站起来,叹了口气,说:"今夜鱼不赴钓,应嫌我是生人,且把酒倒入江中以作订交,明夜我再来。"他真的把酒瓶中所剩的酒倒到水里,再把瓶子朝江上一掷。

刘泥鳅觉得这"把酒酹滔滔"的场景很动人,何不邀这小伙子一谈?木棚里有酒,还有佐酒的炒花生米!他快步上前说明来意,小伙子先是推辞,然后才勉强应允。

他们在木棚外相对而坐,摆上两个酒杯、一碟花生米。

小伙子说:"这才叫萍水相逢哩,明晚我带酒菜来以作答谢。"

刘泥鳅说:"你客气了,干!"

"好的。干!"

彼此不问姓名和来历,只说闲话只喝酒。

葫芦里可盛两斤酒,喝得快完时,小伙子有醉意了,刘泥鳅依旧清醒如常。

天边现出淡微的曙色。

小伙子说:"我该走了。"

刘泥鳅说:"且慢!我有句话要说,你们年轻人要走正路,别一失足成千古恨。你们早设好了套,派你来打先锋,想把我喝醉,再招呼岸上埋伏的人上排来偷木材。你酒量不错,可我胜你一筹,不,是几筹!望以后好自为之。"

小伙子跌跌撞撞地走了。

这些事,刘泥鳅从不对领导和同事说,也不对家人说,怕老婆和孩子担惊受怕。反正,他当守排人期间,没发生过偷盗木材的事故,大家都认为这是社会治安好,更是刘泥鳅运气好的缘故。年年评劳模、先进工作者,没人会想起刘泥鳅!

"文化大革命"的岁月里,刘泥鳅当班时,救过好几个人的命。其中有处于领导岗位的老干部，被革命群众游街、批斗，实在忍受不了，悲愤地趁黑夜到木排上来投水自尽；有大学和科研所的"反动"学术权威，不甘受辱，宁愿玉碎；还有因出身不好，恋爱、结婚受到百般刁难的青年男女。或被刘泥鳅拼力阻拦，或被刘泥鳅从水中救起，经劝说方打消赴死的念头。直到动乱结束、云开日出，被救的人怀着感恩之心，到木工厂向领导说明情况，到刘家当面致谢，这才令众人恍然大悟，对刘泥鳅刮目相看。

刘泥鳅竟是这样一个生活于无声息处的好人！

1976年秋，刘泥鳅年满六十，高高兴兴地退休了，又有新人接替了他的职位。

两个孩子早已结婚生子。妻子比他小两岁，已在五十五岁时退休在家。日子平淡如水，但又安逸舒闲。

只是天一落黑，无论阴、晴、雨、雪，刘泥鳅依旧腰系酒葫芦，准时地出门。

妻子问:"又到枫溪湾去?"

"对。我到木排上去转一转,和现在的守排人聊聊天,喝几口酒,再回来安安心心睡觉,做一个好梦。"

"那就早点回来。以前,你不在床上,我睡得着;现在你不在床上,我硬是睡不着哩。"

"遵命。"

(《创作与评论》2015 年 4 期)

遵古印坊

在潭州城，没有人不知道金富街。在这仿古一条街上，没人不知道金玉石执掌的遵古印坊。从古到今，要签名盖章的事多不胜数，要拥有一枚标记尊姓大名的印章，必劳驾治印人。遵古印坊干的就是这个活计，因此生意长盛不衰。

印坊坐落在金富街的尾端，很小巧的两层楼，一楼是店堂，二楼是工作室、会客室。门脸很窄，上置黑底绿字的横匾，两边是对联，也是黑底绿字，不过材质很优,都是紫檀木的。"遵古印坊"写的是汉隶,浑厚苍劲。对联看似平常,却隐含一种自矜:"奏刀金玉木石;得意篆隶楷行。"写的是行书,飘逸灵动。隶书和行书都是金玉石父亲金鼎铭的手笔,对联也是他拟的。老爷子已经快八十了,印坊是他三十年前创办的,儿子经他朝夕督教,早可独立门户,于是交班放权,怡然在家安享晚年。

当下可称之为篆刻家的,基本上只能刻石刻木。而遵古印坊历来传承家学,除刻木、石之外,还能在许多不同的材质上奏刀,金、银、铜、铁、象牙、兽角、玉、翡翠、水晶、玛瑙……所刻字体篆、隶、行、楷(名章很少用草书),任顾客所需。尤其在仿刻古印上,功夫独到。多年来,金家父子很自信,不怕有人抢去生意。

金玉石字刃之,五十岁了,矮矮墩墩,面白无须,两只手粗壮有力,手指关节格外突凸,是长期握物操刀所致。他脸上少有笑意,说话也不多,但话一出口,如钢刀刻物，铿锵有声。他十岁即在父亲的严厉呵斥声中，开始练习书法和刻印。书法遍习各种名帖，刻印则先摹刻秦汉印，再研刻古玺印、封泥印，然后下力气于明清时皖、浙两派的印学，最终落点于吴昌硕和齐白石，尤其是齐派印艺使他多有颖悟。

金玉石不收徒弟，因为正读美术学院的儿子便是他的嫡派传人。他也不请帮工，印坊除他之外，妻子刘婕英便是最可靠的帮工，管钱、管勤杂还管磨印章底。将印章底磨平磨光，是力气苦活，先将粗、细两种砂纸，黏在一块木块上，将印底先磨粗砂纸再磨细砂纸，最后又用细磨石磨光。

刘婕英说："请个帮工吧，你看我这手，难看。"

金玉石说："这才是劳动者的手。十指尖尖、肉嫩皮细的手，不出在这种家庭。我的手更难看，却可以养家、立世！"

刘婕英呛得直翻白眼，无话可说。

金玉石和妻子也不住在店子里，早来晚归，那个父母住的小院子才是他们真正的家，陪老人吃晚饭、聊天，其乐融融。

隶属于市文联的书法家协会、篆刻家协会，多少次邀请他参加，他微微一笑，说："我还得修炼，不够格呵。"心里暗说："我能参加这鱼龙混杂的团体吗？什么主席、副主席、理事一大堆，你争我夺，要的是名头，名头可以提高润格，钱哪钱！"但他表面上与这些人相处得很好，客客气气的，嘴巴又严，决不妄议此是彼非。

一些篆刻家常在静夜，一个人悄悄独访金家。他们之所以不去印坊，是怕别人看见有损自己的颜面。闲谈之后，来访者掏出备好的或铜或玉或水晶或翡翠的印材，请金玉石代刻送给某位领导人或著名企业家的名章。按规矩，边款要刻"某某先生雅正，金玉石刻于年月"，但"金玉石"只能换成这个篆刻家的名字。

金玉石说:"我这是'捉刀'啊,无名——但不能无利!"

来人忙说:"金先生只管开价。"

"你有难事求他们办?"

"正是,只不过……"

"你放心,我不说,没有谁会知道。"

但这些事瞒不过金鼎铭,他对儿子说:"你爷爷给我起名鼎铭字遵古,就是要我不忘古训。这种代刻是让无能者扬名于世,你不能干!"

金玉石说:"爹,他要这个虚名,谁管得了?我并没有白费力气,艺有所值,于心无愧。你常说慈禧太后的不少书画,都由内廷的女官代笔,不也是一种文化遗存吗?将来自有公论。"

金鼎铭鼻子"哼"了一声,一甩手走了。

有一天近午的时候,遵古印坊的店堂里,忽然走进了一个陌生人。斑白头发,短髯一把,窄长脸,小眼睛,大概六十来岁的样子，一手提一个大旅行包，一手持一把折扇。当时，金玉石坐在柜台里，正消闲地翻看一本《齐白石印谱》。

"请问，你可是刃之先生？"

金玉石听到有顾客称他的字，便猜测这是个腹有诗书的人物，忙放下书，站起来，拱了拱手，说："正是敝人。"

"刃之先生，久仰久仰。我从外地前来叩访，想麻烦你奏刀刻印。我小姓胡。"

"胡先生，幸会幸会。要刻什么印，只管吩咐。"

客人望了望楼上，说："可借个安静处说话？"

"行。请上楼！"金玉石朝楼上喊道："婕英，你来店堂照看吧。"

楼上脆亮地答道："好咧——"

在窗明几净的楼上会客室，金玉石与客人抽烟、喝茶，东南西北地聊了一阵后，客人从旅行包里拿出一个很古旧的长条形锦盒，打开盒盖，从里面取出一个发黄的宣纸折子。

金玉石说："这是清代的专用奏折，是北京宫里造办处所制。"

"好眼力！这是先为湘军名将后为钦差大臣彭玉麟的奏折，我从古玩市场高价购来的，也请专家看了，是真品，而且是专折密奏。"

金玉石展开奏折，细细看完，说："果真是个好玩意，是他巡视湖南时写的奏折。"他曾看过不少彭玉麟的书画原件，对其行笔十分熟悉。

"先生让我刻彭玉麟的印章？大臣呈送皇帝的奏折，是不能钤印的，这是规矩。"

"我自然明白。这个锦盒是装专折密奏用的，真是老东西，可惜不是彭玉麟的原物。按古制锦盒装上专折，盒上要贴一纸条，钤上'彭玉麟专折'的印鉴，这叫封签。"

金玉石明白了,来人是要他刻一方"彭玉麟专折"的印章,以便钤在一张白纸条上,再去作旧,然后黏贴在锦盒上。有奏折,还有同时专用的锦盒和封签,定可卖一个好价钱。金玉石马上想到来人自称姓胡,却不披露名字,当然是对他存有戒心。

见金玉石久久沉吟,来人说:"价钱你只管说,不必忌讳。"

金玉石淡然一笑,心想,刻这个印有何难,他在博物馆见过原件,而且记得清清楚楚,完全可以刻得不露马脚。可他不能刻,文物是历史的实证,参与伪造文物等于伪造历史,有违天理良心。

"哦,胡先生,恕我直言,你应该不姓胡。这个印我刻不了,抱歉抱歉,你另请高明吧。"

来人一愣,随即平静地说:"刃之先生,打扰了,告辞。"然后,飘然而去。

金玉石走下楼来,对妻子说:"中午不吃什么盒饭了,要饭馆送几个好菜来,还要来一壶热黄酒!"

"又接一单好生意了?"妻子问。

"退掉了一单坏生意,高兴!"

(《光明日报》2015年5月8日)

顺风车

  一连四个早晨,在六点四十分的时候,三十八岁的付忠林,就急急地从"江山置业"社区的地下停车场,把他那辆米黄色的韩国"悦动"小车开出来,停在社区的大门边。

  等着去送老婆上班、儿子上学?不。老婆刘素素教书的小学,离社区不过两百米,儿子也在这所小学读三年级,都用不着坐车。他这么早把车开出来干什么?等待搭顺风车的人!

湖南方言把"顺路车"叫做"顺风车"。付忠林住在株洲的城南，他的广告公司却开在城北的清水湾。从"江山置业"出门后，便是一条笔直的由南而北的建设路，全长十公里。一个人开车，还空着好几个位子，可以让人搭顺风车。车身上贴着一张白纸，上面醒目地用毛笔写着粗黑的仿宋体字："江山置业"至清水湾，请搭顺风车，不收费！

奇怪的是，许多人从车旁走过去，瞥一眼那张纸，嘴角便叨起淡淡的笑。难道没有一个人，在建设路两边的单位上班？难道不相信他决不收费？难道害怕中途会遭到敲诈勒索？他是这里的固定住户，有家有室；光天化日之下，车经过的都是繁华路段，有什么值得担忧呢？

付忠林茫然不解。

几天前，报纸上倡导有车的人，搭乘顺路的人上班，既可和谐邻里关系，又可缓解城市的交通压力。

付忠林决定身体力行，一个人开车、坐车，再捎带上三、四个人，又轻松又热闹，多好。

居然没有人愿意搭他的顺风车，他问妻子这是为什么？

妻子说："彼此不熟悉吧。"

"不对，我们搬到这里都一年了，见了面也打招呼也聊天。"

"怕无端领了你的情，没法子回报。"

"瞎扯。又不是为他特意开车，有什么可回报的。"

"付忠林，你累不累？想来想去的。有人坐，你开车；没人坐，你也开车！"

今天是第四个早晨了。

忽有一个单瘦的身影，缓缓地移过来。他戴着一副近视眼镜，双鬓微白，微笑着问："先生，我叫马力，住一栋三〇三室。我去清水湾，可以搭你的车吗？"

付忠林高兴地说："谢谢你的搭车。我叫付忠林，住五栋二〇六室。请上车！"

马力上了车。

又等了一阵,再没有人来搭车了。

付忠林叹了口气,说:"马先生,只有你相信我,肯搭我的车。"他按了声喇叭,一踏油门,车便呼呼地跑起来。

"付先生,你在哪个单位工作？"

"我自己开一家广告公司,上上下下有几十号人哩。"

"哦,你的事业很红火,后生可畏。"

"马先生,你呢？"

"原单位是化工厂,是搞技术的。"

"幸会。马先生,我就不明白,人们怎么不愿意搭我的车？"

"因为你是老板,属有钱阶级。"

"我不是愿意让人来搭车吗？"

"他们认为你是施舍,宁肯保持一种所谓的清高,这是仇富心理的另一种表现。在我家的阳台上,可以看见你的车,你等了三个早晨了,不容易。"

"终于等来了马先生,这是伟大的胜利。"

"我不能不来坐你的车。其实,我已经从总工程师的位置上退休了,不需要上班了。"

"今天是去厂里看看?"

"不!我得破一破这种世俗之见。靠勤劳、智慧致富,有房也有车,不去崇尚,倒变成了嫉妒、怨恨、冷淡,正常吗?这是真正的俗到骨了。"

"你是为了安慰我。"

"我是怕冷了你的这一片爱心,更怕社会的公德受到歧视。"

付忠林的眼睛湿润了。

"谢谢马先生。"

"值得谢谢的是你,付先生。从今天开始,我每早都来坐你的车。"

"你怎么回来?"

"到了清水湾,我去厂里转一圈,再坐公交车回家。"

"那多费事啊。"

"一种新风气的传播,都要费心费力。等到有第二个人坐你的车,我就可以'退休'了,哈哈。"

……

半个月过去了。

付忠林的车上有了第二个乘客,是一个四十多岁的女同志,在一家超市当营业员。马力本想马上下车的,但一想:不行,女同志疑心重,以为是个什么圈套,也跟着下车怎么办?

付忠林问:"马先生,你……"

马力立即打断了他的话,说:"厂里还有事要办哩。"

又过了些日子,车上有了第三个、第四个乘客。

马力一直坐到付忠林的那家广告公司的门口,两人都下了车。

"付先生,我是最后一次坐你的车了,明天我和老伴要去北京了,去看看我的孙子!大家逐渐接受你和你的车了,社区里有车的人,都在向你看齐哩。再见!"

付忠林看着晨光中马先生的背影,缓缓地远去,忍不住大声喊道:"马先生,祝你明天一路顺风!"

(《小说选刊》2016年1期)

蟀爷

这一群上了年纪的虫友,常常聚会的地方,是平政街关圣殿旁的"常乐居"小茶馆。

小茶馆有年岁了,旧式砖木结构,两层楼,门脸不大。但横匾和门联却是名人书写和镌刻的。联语云:"常以知足为乐;乐因荣辱如常。"小茶馆似乎力拒"时尚",盛夏不用空调不用电扇,用的是旧时代店铺常见的"布扇",带轴的横幅厚帆布悬挂半空,一绳系轴,由人手拉着来回晃动生风。冬天只在一楼的厅堂正中央生一炉炭火，热力四射，畏寒的坐一楼，喜欢凉润的上二楼去。

如今的老板叫常青松，五十多岁，中等个子，脸上总浮着热情的笑。

雪花儿飘飘洒洒，如梨花坠枝，似玉蝶振翅。还有七八天，就要过春节了。

虫友们围坐在二楼临窗的八仙桌边。一人面前摆一只有托有盖的白瓷茶碗，茶叶一律用的是"君山毛尖"。桌子中间，相挨相靠的是几只鸣虫葫芦，里面蓄的是蝈蝈，你方唱罢我登场，让人仿佛置身密林、草地。

"多少日子没见蟀爷了，想他哩。"

"若是蟀爷在，他的蟋蟀叫得最有灵性。"

"那是个真正的玩家。"

"是呵，是呵。"

于是大家沉默下来，喝茶、听蝈蝈的叫声。

蟀爷应邀到青海省会的"西北京剧团"协助排戏

去了，入秋后走的，一眨眼就快半年。

蟀爷是虫友们为他起的尊号，而且"蟀"与"帅"同音，蟀爷也就是帅爷。他叫武长林，是湘潭京剧团的"郝（寿臣）派"名净（花脸），扮相、唱工、做工都有过人之处，可说是名震江南。特别是饰演鲁智深的戏，如《醉打山门》《桃花林》《野猪林》等，最为人称道。他塑造的鲁智深，矮胖广体、袒露大肚皮，憨厚、正义、刚强、勇武、机智，每个细部都神采飞扬。六十岁时，他坚决要求退休，为的是年轻人已经脱颖而出了，得让他们有更多更重的戏份，他不能老挡在前面，应该高高兴兴地让道。

蟀爷从小到老，业余喜欢玩虫，但情有独钟的是蟋蟀。养蟋蟀不是为了去开斗，是为了听虫鸣。他觉得能从蟋蟀高低、粗细、长短的叫声里，听出花脸唱腔的韵味。夏虫、秋虫都好养，养冬虫不容易。蟀爷擅长养过冬的蟋蟀，既可磨砺自己的耐性（这对于唱戏有好处),又能体现自己的智力,故而乐此不疲。

养冬虫在霜降前后开始。蟋蟀壳初脱,色苍白,渐次转黑,此时最怕受寒,要装入葫芦暖在怀中。初蜕虫是不能鸣叫的,十日后方振翅出声,但间隔的时间长,称为"拉膀"。又过十日,鸣声连续而渐悠长,叫做"连膀"。蟋蟀是夜鸣昼不鸣的,蟀爷夜晚要登台唱戏,没法子听。他就训练蟋蟀只在白天鸣叫,方法是每夜将盛虫葫芦放在稍冷的地方,使其收拢翅膀而噤声,持续数日便能改其习性,遇暖而鸣。

蟀爷退休后,清早去雨湖公园练嗓、打拳、清唱几段戏文。早饭后,就乐呵呵地去"常乐居",和虫友们喝茶、聊天。冬天的日子,蟀爷一进门,大家就听见他怀里蟋蟀的叫声了,然后叫声沿木楼梯而上,来到八仙桌边。

"蟀爷,早!"

"各位爷,早!"

"蟀爷,用过早餐了?"

"用过了!用过了!"

蟀爷坐下来,从怀里掏出葫芦,放在自己的面前,蟋蟀的鸣叫声宽厚、雄浑、悠长。

大家都叫好。

"有点儿像我的嗓音吗?"

"真像。它无疑是蟋界的名净!"

蟀爷哈哈大笑。待蟋蟀不叫了,他又把葫芦塞入怀中。暖一暖后,鸣叫声又朗然而起,于是再把葫芦搁到桌上。

蟀爷说:"人之冷暖与虫之冷暖,能合而为一者,称为化境,你们说是不是?"

"对!"

优哉游哉,五年过去了。

这是个秋天的上午。蟀爷到十点钟的时候,才走进"常乐居"的二楼。他没有坐下,站着向大家拱拱手,说:

"我来向各位爷辞行。我的一个学生在青海的'西北京剧团'当团长,亲自登门请我去协助排练《野猪林》,以便参加北京举行的'全国迎新春京剧大赛'。学生还在我家里哩。吃过中饭,我们就去飞机场了。忙完这段日子,我就回来。再见!"

蟀爷双眼发潮,恋恋不舍地挥挥手,念了句京白:"各位爷保重,洒家——去——了。"

楼上楼下,响起一片叫好声。

蟀爷去了青海,让大家很惆怅。幸而蟀爷得便时,常会在某个上午,打手机到"常乐居"来。他告诉虫友们:新版《野猪林》有不少可看处;上京演出是哪一天,有中央台戏剧频道的直播,请大家一观;《野猪林》得了金奖,授奖大会是哪一天;他还回不来,还得协助排练《赛太岁》《法门寺》《捉放曹》等"郝派"名剧……

有虫友问:"蟀爷,你掏出葫芦凑近手机,让我们听听蟋蟀的叫声。"

蟋爷说:"我确实把蟋蟀带去了,可我忙得没时间饲养,只好把它们放了……对不起。"

……

常青松提着大铜壶,笑吟吟地上楼来为虫友们续水。茶壶一抖,一道沸水从壶嘴跳出,直注茶碗中。

"常老板,你是摆开八仙桌招待十六方的人物,可有蟋爷回湘潭的消息?"

常青松说:"下面有个茶客,是蟋爷的邻居。他刚才告诉我,蟋爷不回湘潭过春节了。"

"为什么?"

"因为'西北京剧团'获了大奖,人气极旺。那里的戏迷强烈要求,在春节期间搞个演出旬,十天的票都卖出去了。听说蟋爷还要'出山',演《飞虎梦》的牛皋、《除三害》的周处。团里派了专人来,接蟋爷夫人去那里过年。"

"蟋爷恐怕要元宵节后才能回来了。"

"那也未必。听说'西北京剧团'元宵节后,要去香港、澳门演出,蟀爷能不去?他的学生有本事呵,硬是把蟀爷'粘'在那里了。"常青松说。

于是,众人一片唏嘘之声。

有人问:"蟀爷就不玩蟋蟀了?"

常青松答道:"弘扬国粹京剧是大道。玩虫呢,虽是国粹,但只能算小技。蟀爷不会舍大道而重小技。"

"那是,那是。蟀爷呀,他是高人!"

(《光明日报》2015年10月30日)

吃饭日当午

年近七旬的马骐，早已息影林泉。他曾供职于省城社科院的饮食文化研究所，虽不能说著作等身，但著作等臀是千真万确的。退休后依旧笔耕不辍，近日又出版了一本新书《舌尖上的美感探微》，行家、读者一片赞扬之声，发行量冲破了十万。

马骐除能写关于饮食方面的书之外，还会吃，真正能品出各种饭菜的妙处；而且能亲操厨事，做出色、香、味俱全的饭菜。会吃会品评的谓之美食家，会吃会品评又会做的，才能称作吃家。马骐是名副其实的吃家。他食量大，口味好，故胖如弥勒，头圆、腹凸，体重达一百八十来斤，连脸上的笑，都显得肉嘟嘟的。

Ａ市的一家职业学院，烹饪系的主任柳如丝，打电话盛情邀请马骐去讲一个上午的课，讲什么都可以，只要不离"饮食"二字。听课的人不光有老师、学生，还有一部分饮食行业的老板。马骐和柳如丝在各种专业会议上见过面，且印象不错，他不能不去捧这个场。

柳如丝四十来岁，漂亮、热情、干练，很受院领导器重。马骐佩服她酒量很大，喝起来痛快、潇洒，毫无怯态。但饭菜却是浅尝辄止，少得可怜。有一次，马骐说："你怕胖，不肯吃，于是腰细如柳丝。我是个吃家，故腹阔如马，但不悔。"柳如丝听了轻轻一笑，脸蓦地红了。

从省城到Ａ市不过七十公里，清早学院派车来接马骐。当他走进系会议厅时，离九点半开讲还差十分钟。柳如丝领着系领导一班人，站在门口迎迓。忽然，从人丛挤出一个中年人，一把就握住了马骐的手。

"马老师，我是万方，是开饭店的。我曾给你写过几封信，请教烹饪方面的问题。"

"呵，是小万！你是厨师出身，然后当了大饭店的老板，有出息！"

万方转过脸，对柳如丝说："柳主任，谢谢你通知我们来听课，同行来了不少人哩。"

柳如丝对万方的越位迎接，有些不高兴。她对马骐说："马老师，人都坐好了，你可以登上讲台了。"

马骐说："客随主便。"

会议厅不小，听众有三百来人，挤得满满的。当马骐刚坐到讲台上，掌声就发疯似的响了起来。

马骐喝了几口主人沏好的龙井茶，待掌声停住，说："列位领导和朋友，谢谢你们来听一个古稀老人的闲言碎语。俗话说：'树老根多，人老话多。'我得克服这毛病，这堂课就讲一个字：盐。"

台下掌声雷动。

"现在严禁公款请吃，公务员严禁中午喝酒，好呵。但天下第一等大事是饮食，在家里煮饭做菜，到饭店私款请客，总要吃得开心和舒服，关键就在厨艺。厨艺的最高境界，是用平常的食材，平常的调料和佐料，做出佳妙的菜品。坐在台下的许多朋友，比如万方，你们以为如何？"

坐在第一排的万方站起来，说："马老师，此乃方家之语。"

"闲话少说,书归正传。烹饪调味,离不开盐。酸、甜、苦、辛、咸谓之五味，而五味以咸为首。《汉书·食货志》说：'夫盐，食肴之将。'日子过得没有乐趣，俗语称'日子过得没盐味'；说某个人没有情趣，俗语称'这人寡淡少盐'。我这人虽老而有趣，应是有盐味的人。"

大家乐得哈哈大笑。

接着马骐口若悬河，侃侃而谈。盐的起源；盐的品类：海盐、井盐、岩盐；盐在烹饪菜品时的具体使用方法及分量。做什么菜要先下盐，或者后下盐，还有江浙地区最后上的一道汤，不下盐，因吃过前面的菜，口有咸味，再喝汤，更觉鲜美……

到十一点半钟，讲座在热烈的掌声中结束，听众恋恋不舍地离座。

柳如丝走过来，诚恳地说："马老师，当下严禁公款请客，也不能备酒，只好委屈你到教工食堂去吃个便饭，但我和几位系领导陪你用餐。"

"好。"

就在这时，万方小跑上前，殷勤地说："柳主任，上面的规定你们得遵守。请马老师及各位领导赏脸，我来做东宴请如何？我是站在规定之外的人，没人管束。"

马骐几十年的饮食习惯，是中午得有几个好菜，得喝几杯酒。但此刻不能让主人难堪，于是问道："柳主任，你看呢？"

柳如丝知道万方的饭店开在市中心，离这郊外的学院很远。她说："马老师讲课太累了，还上你的饭店去？"

"不，就在学院门外的沁园春酒楼，包厢都订好了，请！"

柳如丝只好说："也行。"

正是初夏，淡淡的日色当头。一行人说说笑笑，很快就到了酒楼，走进二楼的一个大包厢。十人坐的大圆桌上，菜肴已摆好，还有两瓶茅台酒。

万方殷勤地让柳如丝坐在上首正中的位子上。"柳主任，没有你，请不来马老师，你是真正的主人。我负责买单就是。"

马骐说："这是大实话。"

柳如丝先还推辞，想想也有道理，就大大方方坐下了。

"马老师，请坐柳主任右边，我坐她的左边。各位请随意入席。"

万方把几瓶酒,移到桌上与柳如丝相邻的那块地方。

柳如丝脸色突然变了,说:"别……放在……这里啊。"

马骐问:"怎么啦?"

柳如丝说:"怕有人拍照,以为是我用高档酒招待客人。"

万方嘴角叼起一丝冷笑,说:"马老师,本市一个局级领导,在一家饭店用公款悄悄地请客,他面前放着三瓶茅台酒,不料被此店一个服务员用手机偷拍了,然后发给了市纪委,他正在写检查哩。柳主任,你放心,我已给酒楼老板交代了,这是私款请客,把菜上齐后,任何服务员都不可进入包厢。"

柳如丝松了一口气。

万方给马骐斟上酒,再给柳如丝斟酒时,她用手盖住了杯口,说:"中午是严禁喝酒的,万一透露了风声,就倒大霉了。"万方再要给其他系领导斟酒,皆一概婉辞。

"马老师,我先敬你们各位一杯酒。有酒的喝酒,没酒的喝茶。祝各位工作顺利、家庭幸福。干!"

马骐仰脖一口干尽杯中酒。他能理解柳如丝一干人马的难处,不是为了陪他,他们也许根本就不会来,于是心里有了歉意。"你们不能喝酒,就多吃些菜吧。"

柳如丝和她的同事,各自拿起筷子,蜻蜓点水地划拉了几下,就小心地放下了。

马骐明白,除他和万方之外,多待一分钟,对其他人来说,都是一种折磨。他对万方说:"我还得赶回去,下午有事哩。我俩已喝一杯酒,再连喝两杯,我就告辞了。"

万方一愣:"你是吃家,菜还没吃哩,就散席了?"

(《小说月刊》2015年11期)

慈母手中线

阚敢二十五岁了。

在这个世界上,阚敢和母亲的距离最近。从出生到现在,他和母亲没有离开过这个小镇、这条深长的巷子、这个幽静的小院。

在这个世界上,阚敢和父亲的距离最远,远得不知道父亲在什么地方。阚敢五岁时,焦躁而豪气冲天的父亲,突然辞去小学美术老师的职务,与母亲和气地分手,留下祖传的小院子,光身出户去闯天下。

临别时，父亲说："我会回来的。"

母亲平淡地说："请你再不要来干扰我们。我们什么关系都没有了。"

父亲一走就是二十年。

父亲不会不写信来，也不会不寄钱来。阚敢依稀听人说，母亲让镇邮政所贴上"查无此人"的条子，一一退了回去。

母亲在镇上的手工湘绣厂当工人，基本工资加上超产奖金，可以维持一种节俭的生活。

母亲在儿子面前，从不提父亲的名字，仿佛她不认识这个人。

儿子在母亲面前，也从不提父亲的名字，他怕母亲伤心。但他不能不想父亲。

教美术的父亲留下很多画册，素描、油画、木刻、国画、烙画，中国、外国的都有；留下各种型号的电烙铁和烙画用的薄梨木板、三胶板。阚敢在小学和初中，最喜欢美术课，在纸上画画，也在木板上烙画。

上初中时，阚敢与同学去郊外爬山攀岩，不小心摔伤了尾椎骨的神经，治疗后却站不起来了，轮椅成了他最亲密的伙伴。

湘绣厂离家不远，母亲只能领了活计回来做，一边绣花，一边照顾儿子。儿子上厕所，她扶他坐在坐式马桶上；儿子要看书，她给他拿书；儿子喜欢坐在轮椅上烙画，她就把电烙铁和木板递过去。做饭、洗衣、缝补衣裳、打扫卫生……母亲的一举一动，儿子都看在眼里、印在心上。

母亲五十二岁了，额上的皱纹密了，两鬓的白发多了，只有平静的语气、安详的脸色依旧如昔。阚敢常在心中默诵的古诗是孟郊的《游子吟》："慈母手中线，游子身上衣，临行密密缝，意恐迟迟归。谁言寸草心，报得三春晖。"但他不是"游子"，却是个双脚不能行走的残疾人，是母亲的累赘。母亲靠手上的绣花针养活他，尽管他如今也有了低保可聊补家用，却永远不能有一份丰盈的收入来报效母亲，让母亲好好地颐养天年。

阚敢最痴迷母亲绣花时的形象。阳光下、月光下、灯光下，母亲一手拿着绷紧了白绢的花绷子，一手捏着绣花针，彩线被穿过来穿过去，声音又细又密，别人听不见，阚敢听得见。

阚敢最喜欢烙的画，是母亲绣花时穿针引线的那一瞬间的肖像画，烙了一幅又一幅，而且一幅比一幅好。他有扎实的素描功底，那种通常依赖铅笔、炭笔、钢笔，完全依仗线条、刻线、斑点、明暗的单色素描技法，在他的烙铁下变得灵动、传神。画面上，母亲戴着老花眼镜，略略眯缝着眼睛，全神贯注地穿针引线，脖子上系了一条镂花方巾，鬓角的"留白"，表现出月光的质感。画题是《慈母手中线》，用楷体字烙在画格的下方。

"妈妈,这是我的心意,你喜欢吗?"

"喜欢。我经过邮电所的报架时,看到报上登了一则启事,说全国残联征集残疾人的美术作品,你愿意去试试吗?"

"愿意。"

"你挑出一张烙画吧,我去寄。"

"妈妈,由你挑,你最有发言权。"

两个月过去了。

阚敢的烙画,不但入选在北京展出,还得了个银奖,奖金是一万元。

这是一条好新闻,电视台、报纸的记者,都来采访阚敢和母亲,他们突然之间得到社会的广泛关注。

夏夜、月光、小院。

该做的家务,母亲做完了。

于是,母亲坐在亮晶晶的月光下,安详地绣花。阚敢把一块一尺见方的三胶板搁在膝盖上,用电烙铁在勾好的底稿上烙画，烙的仍是《慈母手中线》。

母亲说："儿呀，你的画不值一万元，不能老想这件事。"

"妈妈，我知道，那是爱心的鼓励。妈妈高兴，就是最大的奖赏。"

"这就好。有妈陪着你哩，什么也不用担心。"

母亲能不担心吗？她一天天地老了，总会离开儿子的，儿子将来怎么办？稍一分神，针尖扎到她的手指上，沁出一颗血珠，她赶快把手指吮在嘴里。

忽然，院门响了。

母亲忙去开了门。进来的是一个陌生的中年人，操着一口广东普通话。"阚妈妈，小阚，我是看了电视和报纸的介绍，才知道你们的。正好出差经过此地，就冒昧地找来了。"

"有什么事吗？"阚敢问。

"我业余喜欢搞美术作品收藏，想购买一张《慈母手中线》的烙画。行吗?"

母亲说:"儿子从没卖过画。你是远客,就送你一张吧。"说完,就进屋去取出一张烙画,递给中年人。她想让客人赶快走,别耽误了绣花。

中年人接过画,看了又看,连连称赞。然后,掏出一个很厚实的信封,说:"我不能白要,那会让你们看不起我,我也感到羞耻。我付一万元,这已经很占你们的便宜了。你们不收钱,我也不要画,就当白来一趟。"

母亲只好说:"我们收下就是。"

客人笑呵呵地走了。留下一院晶洁的月光。

阚家隔上十天半个月,就会有人来买画。

每张画都付一万元。

母亲把钱存进银行,存折上写的是儿子的名字。她把存折藏在儿子塞满碎布的枕头里,只有儿子和她知道。

半年过去了。

阚敢的画有人来买的消息，很多人都知道了。外镇的一个老奶奶，居然找上门来说媒，说她邻居家有个长得蛮漂亮的姑娘，很佩服阚敢的自学成才，愿意先做他的女朋友，如果真正情投意合，再做他的妻子。

母亲依旧很平静，但心中的波涛却此起彼伏。真有这么多人来买画吗？为什么都是来自广东那个地方？说话的内容不但大体相同,所付画款也是惊人的一致？她没有托人去为儿子找对象，倒有媒人找上门来？

终于，她想明白了是怎么一回事：只可能是有一个和儿子最亲近的人，事业成功了，找到最合适的契机，悄无声息而又顺理成章地安排儿子的现在和将来，因为这个人怕遭到她的拒绝……

母亲也不会把这个判断告诉儿子，儿子太爱母亲了，他会把这一切拒之门外。

母亲还是忙着绣花，儿子还是兴奋地烙画。

母亲说:"那个姑娘不错,漂亮、能干、孝顺,我和她见过面了。"

儿子说:"你喜欢她吗?"

"当然。我想抱孙子了,你明白吗?"

(《小说月刊》2015年11期)

驴 友

在云山村,年近五十的牛忠和马丰,被人称之为驴友。

在网络新语汇中,驴友是指带着行囊徒步旅行的人,牛忠和马丰并不属此类。他们是牵着驴,让游客坐着看乡村风景的人,日出而出,日落而归。

家中的田土、菜园、山地,有妻儿侍弄,勿需他们劳神费力,他们想的是怎么赚回现钱。

两年前,乡村旅游突然热了起来,青石镇成立了旅行社，其中有一个项目叫"骑驴看风景"，号召属下几个村子的村民报名参加。驴子由镇上统一到河南购买，钱得由报名者自掏，驴主也就是牵驴载客的人。谁雇驴游玩，每小时费用为一百元，驴主可得六十元。云山村只有牛忠和马丰舍得出几千元去购驴，也看准了这是个来钱的好营生，业务由旅行社接洽，一天少说也能跑四五趟，比干农活轻松多了。

村里人说："这下好了，牛、马、驴可以天天结伴而行了！"

山里人家住得都很分散，牛忠和马丰两家隔着一片小山林。按规定，他们必须在上午八点正赶到青石镇报到。他们往往是天刚亮就要出门，到一个大路口集合，再走一个多小时才能到镇里。

牛忠个子矮壮，脸皮粗黑；他的驴毛色黑而亮，当然是公的，叫小黑。马丰个子稍觉单瘦，脸窄长但白净，不像个常年干农活的；他的驴也是公的，毛色青灰，在驴背、四肢中部有暗色条纹，好看，叫小灰。他们自配的鞍子，都是棕色软皮的，坐起来舒服；驴的脑门上扎着一朵红绸团花，很喜庆。

出门时，不是小灰长鸣、小黑应和，就是小黑高叫、小灰回答，此起彼伏，心心相印。

这个办法是马丰想出来的，相约出门时，与马忠同时用鞭子抽几下驴，不叫，再抽，直到它们大喊大叫。听到驴鸣，他们便去大路口会合。

听多了，他们对各自驴的叫声，变得熟悉和亲切起来。小黑的性子沉缓一些，"昂——昂——昂——"有停顿有拖音。小灰的叫声既阳刚气足又急躁："昂、昂、昂、昂！昂、昂昂、昂！"

自家驴用鞭子抽，心疼；它还要负重行走一天，辛苦。有一个早晨，马丰用手握成喇叭状，放在嘴边学驴叫。没想到牛忠应答的驴鸣声，也是从口里发出来的！

见面时，牛忠问："我们怎么都学驴叫了，不是作践自己吗？"

马丰说："我读过一些古书，《世说新语》上记载，魏晋南北朝时的许多大文人都喜欢学驴叫，还有曹操的儿子曹丕也有这种癖好。牛忠，我们成雅人了。"

因为老是在一起，小黑和小灰俨然如兄弟，一见面，你碰我的脸，我挨你的身，亲热得不行。

牛忠问："马丰，它们在悄悄说什么？"

马丰说："说什么？说它们都长大了，该找女朋友了。"

牛忠说："屁话。"

马丰仰天哈哈大笑。

这一天下午四点钟，日头开始西斜了。一对年轻恋人，雇了他们的驴，一起去打卦岭看落日。

女的骑的是小黑，男的骑的是小灰。牛忠和马丰牵着驴，并排走在前面。

少男少女不停地互相调侃、说笑，根本不需要牛忠、马丰讲解沿途的风景，他们正好省着力气哩。

女的说："我妈问我跟谁去旅游，我说跟单位的女同事。"

男的说："你妈看得紧哩。你不是照样'将在外，君命有所不受'？"

"呸——"

"什么'呸'，我还'哎哟'呢。"

女的脸上涨得通红，男的得意地扬了扬手中的鞭子，让驴快步走到前面去了。

"前面就是打卦岭了。"牛忠回过头对女游客笑了笑，说。

"打卦岭上看落日，宣传单上的照片特别动人！"

很远的地方传来清亮的驴鸣声，只是看不见驴在什么具体位置。

牛忠说："这是母驴的叫声。"

"你怎么知道？"

"因为听得多,声音里带一点温柔,昂哟——昂哟——,公驴没有。"

就在这时,男游客骑的驴仰天大叫,朝前面疯跑起来。牵驴的马丰想把缰绳拽住,但显得力不从心,反被驴拉得跌跌撞撞向前跑,一下子就看不见了。牛忠知道前面有一道断崖,可别出什么人命关天的大事!

因为有骑驴的女游客,牛忠只能一步一步往那儿赶。

半小时后,当牛忠拴好驴,再拼力顺坡登上崖顶,看见小灰的缰绳被死缠在一棵矮树上;男游客脸色苍白地趴在一边,说:"牵驴的人为救我,摔到崖下去了。"牛忠站在断崖边俯瞰崖下,马丰的身子摔在一块大石头上,鲜血横流。他不由得大声哭喊起来:"马丰!马丰!我的驴友呵……"

……

马丰为救游客,在危险时刻,拼命把缰绳缠在崖顶的矮树上，发狂的小黑蹄子乱蹶，把他踢下断崖，摔死了！

马丰被当地政府授予"烈士"的称号。

牛忠陪着马丰的家人，还有许多村民，守了一夜的灵。到第二天早晨出殡前，牛忠站在放骨灰盒的灵台前，大声说："马丰，你爱听驴鸣声，我就学小黑的叫声为你送行吧。"

锣鼓声、鞭炮声停了下来。

"昂——昂——昂——"

（《芳草·潮》2016年1期）

葫芦娃

纷纷扬扬的大雪又下起来了。

胡家的堂屋里,一盆木炭燃得火苗子直窜,像舞动的金红色丝绸。北风拍打着关紧的木门,铜门环响得很清亮。

到这个边远山区的苦竹村扶贫一年、在胡家当了一年房客的胡大器,明天就要回城里去了!

胡家特意杀鸡宰鹅,为胡大器设宴送行。饭前,五十岁出头的胡秋实,对老伴和女儿胡小皿说:"你们都要喝酒，葫芦娃也姓胡，五百年前是一家，要热热闹闹的。"

胡妈妈说："我也要喝酒吗？平素你可没这样大方。"

胡小皿说："爹，你喝多少，我也喝多少。"

"要得。你应该说，葫芦娃喝多少你就喝多少。"

小皿的脸蓦地红了。

杯碗交错，好容易才把一顿饭吃完。吃完了饭兴犹未尽，四个人坐在木炭火边喝茶、聊天。

胡大器忽然傻傻地笑起来，说："我都快三十岁了，还被叫做葫芦娃，真成细伢子了。"

胡小皿说："这小名是我叫出来的！村长分配你住到我们胡家，我爹又特别喜欢侍弄葫芦，你办完了正事，跟着他种葫芦、采葫芦、做葫芦器。村里人称爹是老葫芦，你不是葫芦娃是什么？"

"对、对、对。"

胡妈妈对女儿说："你不也是葫芦娃吗？"

"我不是。动漫片《葫芦娃》的主人公是男的不是女的。"

大家都放声大笑,笑得嘴里酒气直往外喷。

胡秋实呷了口茶,用夹钳添了几块大木炭,火星子叭叭地爆响,像流星。

"葫芦娃呀,你这一年为村里做了不少好事,大家心里有数哩。你是湘潭城金富街管理所的公家人,不但带来了扶贫款,领着大家修路、建房、搞大棚蔬菜,还为村里的孤寡老人申请了养老保险。今年黄梅雨时节,小皿半夜腹痛,我们以为她是受了风寒,没什么要紧的,你不肯,硬是让村里人开着手扶拖拉机,冒雨护送她去了二十里路外的镇医院,一检查竟是急性阑尾炎,好险啊。"

胡妈妈眼睛湿润了,说:"我们就这么一个乖乖女,出了事让我们怎么活?"

胡小皿说:"那我就一辈子守在爹娘身边。"

胡妈妈说:"蠢话!我们不是太自私了?"

胡大器忽然说:"这地方好,这地方的人更好。"

"你是夸奖我爹我娘吧,我呢?"

"你当然好!这一年,我过得比城里那几年都开心。"

"真的吗?"

"真的!"

胡大器是河北乡下的娃,小时候最深刻的印象是家家户户都种葫芦。葫芦可以食用,可以做葫芦器,日用的瓢、碗、杯、罐,盛蝈蝈、蟋蟀、叫天子的虫具;还可以做成工艺品,在上面烙画、刻画、上漆、抛光。与"葫芦"同音的字是"福禄",人人喜爱哩。他高中毕业考上了湖南湘潭大学的美术设计系,毕业后参加本地的公务员考试,就留在了这座南方的城市,供职于金富街的市场管理所。他天天在店铺间行走,处理出租门面、调解纠纷、贯彻各种方针政策之类的事,与美术设计的专业毫无关系,有关系的是一份虽少却靠得住的工资。住的是公家的单人宿舍,一室四个光棍,杂乱、喧嚷。画桌没有,画架没地方摆,唯一能干的事,是耳朵里塞上棉花,看一些与美术、工艺有关的闲书。

　　胡大器越来越感到了生活的压力,老家的父母年纪渐大,他是长子,下面还有几个正读书的弟妹,每月得寄钱回去。房价太贵,即便可以贷款,他也不敢买。想谈个对象成家,一听说他无房无车无老人可支援,就没戏了。他干工作扎实、认真,但与头头的关系是"君子之交淡如水",没人会想起要提携他。干市场管理七年,副科级的所长换了好几任,他依旧是普通一员。去年冬,要抽调人去乡下扶贫,头头马上就对他委以重任。在一种十分落寞的情绪中,他来到了苦竹村。

　　当村长领着他走进胡家时,屋檐下悬挂着大大小小的干葫芦,屋檐边也垒放着一层一层的干葫芦,颜色金黄金黄,他的眼睛突然一亮,像回到了老家。他拎起一个葫芦,看了又看,摸了又摸,拍了又拍。

从堂屋里走出一个二十三四岁的漂亮姑娘,嫣然一笑,说:"你这么喜欢葫芦,是葫芦娃吧?"

胡大器在这一刻,心情特别好,他说:"村长早介绍了,说你叫小皿,器皿的皿,是葫芦做的小皿吧。"

"对。"

一年三百六十五天,飞快地过去了。胡大器除干扶贫的大小事外,就是跟着胡秋实一家人,播葫芦种子、分插葫芦秧。采摘葫芦、干化葫芦、做葫芦器。他觉得这里比城里快乐、自由、不憋屈,为什么一定要守着那个铁饭碗呢?

小皿说:"你在想什么?该去收拾行李了。明早,你们单位要来车接你哩。"

"不着急。我不会带行李走的!"

"你想好了?辞职不干公务员,别吃后悔药。"

"君子一言,驷马难追。"

胡秋实嘀嘀地笑了,说:"你倡导各家多种葫芦,不少人怀疑，但我明白这个营生有发展前途。我家的葫芦，一部分作瓜果卖，一部分做成瓢、碗、杯、罐卖；还有一部分干葫芦，你叫来你当年的同学，在上面又画又刻又上色，变成了工艺品，再让金富街的店铺代卖，生意很红火，变出不少钱来了。你的功夫更妙，又刻又画，字好，图案新，抢眼！"

小皿乐得直拍手，不时地瞟一眼大器。

胡大器说："我给我爹打了电话，请他寄几种特殊葫芦的种子来。有大葫芦种，成熟的葫芦有冬瓜那么大；小葫芦种，结的葫芦只有半寸长，可做耳坠、佩件，还可以镶系在玉簪上，成为高档饰品。还有长柄葫芦种、异型葫芦种……待葫芦快成型时，我让我爹来这里待几天，示范怎么系扣、扎绳。"

胡秋实鼻子里"哼"了一声，说："未必北方人比南方人会种葫芦些？"

胡大器愣住了，不知道该怎么回答。

小皿说:"爹,大器不是这个意思。他说的系扣,是指用人工将长长的葫芦柄打出结来,长老了就特别中看。扎绳是用绳子编出不同的形状,套在葫芦上,葫芦长大了,去掉绳套,印痕又深又显眼,有的像南瓜,有的像网袋盛着果。这种艺术品最抢手,但技术得有人教。"

"你怎么知道?"

"爹,是大器告诉我的。他还说,明年要动员每家都种葫芦,还要成立一个葫芦工艺社,请爹当社长哩,让大家都富起来。"

"我有当社长的本事吗?"

胡大器说:"你在种葫芦上是全村的表率,时间久,经验丰富。我和小皿当你的小兵,完全可以干出一番大事业来。"

胡秋实忽然打了个哈欠,对妻子说:"我们都困了,该上楼睡觉去。"说完,扯了扯妻子的衣袖。

胡妈妈连忙站起来，说："这雪……还在下哩。"

老两口走进楼上的卧室，扯亮了电灯，关好了门。然后赶紧脱衣上床，关灯，睡觉，动作快而且无任何声响。

……

子夜过后。胡妈妈摇了摇丈夫，细声说："我听见他们出了堂屋，悄悄开了门，又悄悄带关了门。"

"大器不是住在隔壁那栋房子里吗？她是去送他。"

"一个时辰了，小皿没回到这边来。"

"老婆子，你是瞎操心。睡吧，睡吧。"

夜真静。雪落到地上，沙、沙、沙，声音很密很细很柔。

（《芳草·潮》2016年1期）

遗 赠

钟声敏感地发现,七十岁的父亲钟钫,应邀到云南讲学、画画半个月,回来后精气神陡地旺盛,从早到晚都在画画。更加奇怪的是,先前父亲画画时,画案上必放一把斟满酒的青花瓷细腰酒壶,画一阵便要提壶呷一口,现在不但画画时不备酒,连正式用餐也不饮酒了。

在古城湘潭的美术界,无人不知钟钫是嗜酒如命的酒仙,有海量,轻松喝半斤,尽兴则可喝一斤以上。

他姓钟名钫字酉，钟、钫都是古酒器名，酉与酒最早是一个字。《说文解字》称："酉，就也。八月黍成，可为酎酒。"

钟钫出名很早，这与他爷爷、父亲都是大画家的门风有关。特别是在大写意的花鸟和人物画上，下笔凌厉、快捷，色、墨酣畅淋漓，声播海内外。他是湘楚画院的专业画家，市场给他定的润格是每平方尺八千至一万元。

令他遗憾的是，儿子钟声却不肯在画画上下功夫，虽是美术系毕业并在画院工作，却热衷于在画院的接待办混日子，安排酒宴，陪吃陪喝，胡天海地摆龙门阵。

钟钫六十岁退休，比他还小一岁的老伴因上街买菜，被一辆违反交通规则的摩托车撞死，车主是个上有老下有小的下岗工人，以摩托车载客为生。钟声开出了一个索赔的大价码，钟钫说："用钱可以买你妈重活吗？车主犯了事，要坐牢要赔钱，那他一家子还活不活？我跟有关部门讲了情，别让车主去服刑，钱也不要赔了。"

钟声耷拉下脑袋，说："好……吧。"然后又说："你退休在家，虽可请保姆，我怎么放心？我跟领导讲好了，我留职停薪在家侍候你。再说，有些人胡乱上门白要画，我得为你挡挡驾。"

"行啊。你想阿堵物想得太多了。"

"阿堵物是什么？"

"阿堵物"就是金钱，语出《世说新语》。但钟钫没有说，儿子哪会去读这种书。

钟钫画了十年，钟声也闲了十年。这十年，钟声天天收现钱，存折上的数字肥得喜人。

儿子闲着，儿媳还在中学教书，她也想提早离岗，说教书太累了，家里又不缺钱。孙子呢，到北京上中央美院国画系去了，这一点令钟钫略感欣慰，只是不要学钟声，光拿个文凭就心满意足。

吃过早饭，钟钫进了画室，钟声也像影子一样跟了进来。

"今儿还画小品？"

"嗯。把我历年收藏的古旧宣纸寻出来，一张四尺纸裁成八小张。"

"爹，这些清代、民国和'解放'初期的宣纸，现在贵的一张上万元，最便宜的一张也要几千元啊。画了画还白送人，可惜，可惜。"

钟钫厉声喝道："送的是我的老友和得意门生，还有多年来帮助过我的人，可惜吗？'秀才人情半张纸'，你懂不懂？"

"爹，我照办就是。"

钟钫摆砚磨墨，磨得砚水乌黑流香；然后摆开一溜碟子，分别将曙红、胭脂、石绿、花青、藤黄、赭石等颜料调入，再将一支支大小毛笔蘸湿、摆好。

他运了运神，提起笔来。先画人物：屈原、老子、孔子、陆游、辛弃疾、李清照、红娘……再画花鸟，梅、兰、竹、菊、翠鸟、小鸡、松鼠……

每画好一张，都题上款，上款是受赠者的姓名，下款是"×年×月钟钫乞正"。

钟声要做的事，是钤印，然后把画夹在悬挂的细绳上。

"爹，你的画疏简而墨色丰富，几人能及？何必都送人呢，可以拿些到画店去出售。"

"不！"

"爹，你怎么不时地用手去按腹部，有哪儿不舒服吗？歇一歇吧。"

"习惯动作，没什么地方不舒服。我在和时间赛跑。"

"爹的身体好着哩，齐白石活到九十七岁，爹只会多不会少。"

"唉，爹总有一天会离开这个世界的。"

"千万别老想这个事，儿子听了都害怕。"

"假如到了那一天，我想不要惊动朋友、学生，家人给我送行就行了。如果他们得了消息，盛情来告别，绝对不要收奠仪。你做得到吗？"

"做……得……到……"

每天画好的画，是送谁的，钟钫都一一登记好。到晚饭过后，他让儿子一一登门送去，并要受赠者在登记簿上签字，回来再交他验看。

这么好的纸，这么好的画，得了画的人都对钟钫心存感激。

三个月后，钟钫突然昏厥倒在画案边。在医院抢救时，医生说他得的是肝癌晚期，是长期饮酒伤肝所致，已经回天无力了。

医生问钟声："你父亲平日看过病吗？"

"他从不去医院。"

"难道没有一点征兆？"

"没有。"

"这几个月离开过此地吗?"

"去过一趟云南。回来后,精神状态比以往都好,酒也不喝了,画了好多画。"

"你们……很粗心呵……"医生长长地叹了一口气。

湘楚画院的领导,在办丧事上向钟声征求意见,钟声说:"爹是一个著名画家,还是让大家向他告个别吧。"他心想,爹不想惊动大家,我能这样傻吗?爹也知道我会这么做,故在临死前作画、赠画,这样他可以安心地走,我也不会遭到非议。

开追悼会、向遗体告别,一切都按正常程序进行。

只是在殡仪馆悼念厅的入口处,专设一个签到桌。钟钫的老友、学生在签到后,会恭敬地递上一个白纸包封,里面是奠仪,也就是钱。登记名字和数点钱的是钟声的妻子,沙、沙、沙,她数钱的动作很快……

(《小说月刊》2016 年 2 期)

烽火连十日
——一个老义工的发言

同志们、朋友们:

　　上午好。今天是重九登高节,也是老人节。我叫向强,今年七十有二,社区老年义工队的伙伴们,让我代表他们在这个表彰会上发言,我十分荣幸。十多年来,我们在社区义务巡逻、组织爱心捐助、帮扶困难家庭、拯救失足青少年,既是老有所为的自我修持,也是一种社会担当,这些在经验介绍材料中已有记载,我就不多说了。

几十年来，我总是想起我亲身经历过的一件事，想起一位老哥师贤说过的一句话：爱心是生命的路标！

1970年初夏，一支编号为"0031"的探矿小队，奉命进入大西南湘黔川搭界的苍玡山地区进行踏勘，寻找国防工业研制尖端武器所需要的稀有矿产。尽管当时"文化大革命"闹得风起云涌，但探矿队所隶属的部门却没人敢去冲击，神圣的使命高于一切。在全国有多少支这样的探矿队？他们又在何处奔忙？没人知道。按保密要求，探矿队不能聘请当地的向导，只能凭着以前遗留的粗略的地图（有的连地图都没有）和指南针，去辨别方位和路线。

当时，我二十八岁，是部队的一个小排长，派遣到这支探矿队任军代表，并负责保卫、保密工作。

探矿队队长叫师贤，湖南湘潭人，新中国成立后就干这个行当了。他四十多岁，个子高大，浓眉亮眼，说话不急不慢,天生的好脾气。他告诉我,苍砑山他没来过,只是看过一些老资料,那是个相当封闭的大山区,地形复杂,气候多变,到处是奇峰峻岭、野崖怪石、险水深洞。而且人烟稀少,各家又住得分散,多是苗族同胞。

全队二十多号人,除专业勘探队员外,还有司机、炊事员和医生。两台带篷的大卡车,把我们载到苍砑山下,寄存好车后,我们扛着、背着、提着笨重的行囊进山。

我是城里长大的,第一次走进这样的荒蛮山区,山高路险,泉喧瀑响,还不时听到虎啸狼嗥声。师贤总是大步流星走在最前面,背着沉重的行囊,手里还握着一把雪亮的猎刀。我则走在最后,手握一把上了膛的五四手枪。

第三天黄昏时,经过一座大山,忽然从半山腰的一座吊脚楼前,窜出一个头扎黑长巾的老汉,哇哇地大叫着朝我们挥手,还一边使劲地跺着脚。

我警觉地跑到师贤身边,问:"他在干什么?"

"恐怕是出了紧急事,求救哩。"

"别理他!怕出什么意外。"

师贤说:"去看看吧。我们人多,有什么险情不可以应付?"

于是,我们朝吊脚楼走去。

主人姓麻,叫麻瑞,是个年过六十的苗族老汉。他的老伴不知什么原因,腹痛如绞,在床上不停地翻滚。膝下无儿女,又无近邻,见山外来人,所以大声呼救。

师贤马上叫医生去诊断,原来是吃了不洁的食物,肠道发炎感染所致。于是马上给她打针、服药。

麻老汉对师贤说:"你是贵人,请跟我上祭坛去烧香,让老天保佑我的婆娘。"

我正要制止,师贤却说:"应该,应该。"

我当然不放心让师贤跟老汉去什么祭坛,就说:"我也去吧。"

老汉说:"你是解放军,还带着枪,镇邪哩。"

所谓祭坛,就在屋后一座石峰顶上,面积不大,平坦而光秃。石坪中间凿出一个很大很深的圆凹,里面铺着一层细土。麻老汉点燃带来的三根香,然后对着苍天念了几句什么祝词,再下跪磕三个头。礼毕,他对师贤说:"委屈你也向天神磕个头,好吗?"

"好。"师贤作古正经地跪下磕了个头。

我故意走到一边去,穿着军装的我自然不能磕头。我发现石坪的一角,堆着许多干柴湿柴,还有一根根枯槁的树棵子,这是干什么用的?

麻老汉告诉我:这叫烽烟树。各家住得太远了,哪家有了婚、丧事要人帮忙,白日升一道烟,夜晚升一炷火,一家传一家,人一下子就聚齐了。如果哪家有了要敬拜上天的大事,白天升三道烟,夜晚升三炷火。"

我听了差点笑起来,这习俗太原始了。

我们回到吊脚楼时，麻老汉的妻子经过打针、服药，痛感消除了。

麻老汉乐得哈哈大笑，执意要留大家吃晚饭、喝酒；吊脚楼很宽敞，大家可以在这里住一晚。

师贤说："麻瑞大哥，谢谢你的盛情。不过，饭钱、酒钱我们必付，否则解放军同志不同意的。"

麻老汉板起脸，说："你们汉人不爽快，这不是提醒我要付医药费吗？"

我连忙说："您倒误会。军民一家，听主人的！"

"这就对头了！你们到大山深处，多少天可以回转？"

我说："大概一个月吧。"

"我等着你们，再来我家喝酒。"

……

第二天吃过早饭后，我们告别麻老汉，继续前行。在路上，师贤告诉我，医生已留下了足够的药品，他也把要付的伙食钱压在桌子上的碗下面。

我说:"师队长,你很体恤老百姓,好。"

我发现在后来的日子里,不管顺不顺路,见到苗族人家,师贤都要去打个招呼,问主人有什么事要帮忙。探矿队有不少多面手,修理农具、修补房屋、侍弄菜园,干什么都像回事。医生更是受人欢迎,大病小病,药到病除。但我心里犯嘀咕,这是不干正事,我们不能过于耽误时间。

师贤淡淡地说:"古人说得好:人不可俗,不可不随俗。顺带做点好事,并不影响我们的工作进度,有何不可?"

当我们真正深入到大山腹地踏勘,果真有了大发现,仪器探测,地质锤敲击,图纸绘制,工作日志记录,这里确实有不少稀有矿产的蕴藏!

一个月的时间没白费,可以出山了。

这里没有前人留下的界标路碑,没有前人踏出的大路小径，只能按照指南针测定的大体方位出山。多少天安营扎寨，白天工作晚上休息，待到要返程时，大家掏出指南针来测定方位，突然发现这玩意失灵了，指针乱转，南北东西方向随看随变，这下子可糟了。

师贤很镇静，说："四面都有金属富矿，形成一个小地质圈，所以指针摇摆不定。你们怕什么慌什么？山里多的是野果、野菜，还可以打点野味，饿不死我们！只拜托各位照管好仪器、工具、图纸、资料，特别是火柴、食盐！"

我问："在这里傻等？"

"对。找一个安全的岩洞，烧起火塘，好好地坐着、躺着，节省体力。此外，两个人一组，带上枪、刀、望远镜、干粮，到附近最高的山顶上去值班，四小时一轮换，不分昼夜。"

我觉得师贤太书呆子气了，在没有任何通信工具的当时，援军会从天而降吗？何况，上级要求返程的时间，一天天逼近了。

师贤对我笑了笑，说："向代表，你心里在笑我吧，眼下只有这个蠢办法了。"

一连等了十天，粮食没有了，食油没有了，幸而还有盐，还有野菜、野果。

这天深夜，轮着师贤和医生在山顶值班。大伙都睡了，我却睡不着，坐在火塘边添柴。

凌晨四点钟，师贤一个人回到洞中，大声说："几十里外的东北方向，一个山顶上燃起了三炷火光！"

大伙都醒了。我"咚"地跳起来，问："还真有援军从天而降？"

师贤说："是苗家兄弟在寻找我们。"

"你怎么知道？"

"我猜想是的。向代表，你还记得麻老汉说过的话吗？我们说一个月返回，他等着我们去他家喝酒。一个月没去，他想我们遇到难处了，白天升三道烟，晚上升三炷火,向上苍祈愿我们平安。另一家看见了,也照此办理。一家传一家,向大山腹地挺进,现在传到离我们最近的一家了。大家先整理行装,我再上山去,看天亮后是不是再升三道烟。"

"师队长,我也跟你去!"

"好。"

我明白那三道青烟一定会升起的。倘若进山后不去麻老汉家治病救人,不去零散人家造访,迷失方向的我们能化凶为吉、绝处逢生吗?

以后的故事,我就不说了。我们日夜兼程,十个日夜的烟与火,像路标指引我们回到麻老汉家,好好地吃了一顿饭,喝了一场酒,然后揖手而别,在山外坐上我们的大卡车,风驰电掣回到了总部。

这件事告诉我:一个人活在世上,不要忘记了永怀爱心、多做善事。爱心是生命的路标,也是社会走向美好的最佳基因!

年长我十多岁的师贤大哥，退休后回到老家湘潭市区，天天在清早和黄昏，到马路的横道线边义务上岗，风雨无阻，护送上学、放学的小学生安全过路。五年前他八十一岁时，不幸患癌症辞别人世。我恳请大家和我一起，向这位一生充满爱心的普普通通的大哥，报以热烈的掌声。

我，还有我们社区义工队的老伙计们，也会向师贤大哥一样，把爱心奉献的凡人小事进行到底，一直到有一天诀别这个世界。

我的话讲完了。谢谢。

(《青岛文学》2016年4期)

鞭笋过墙

年近古稀的节新篁,死里逃生拾回了一条命,住了一个月的医院,在这个下午,好端端地回到了古城曲曲巷中的家。他又看见小院里疏朗的竹影了,又听见风吹竹叶的飒飒声了。在这一刻,他的眼里涌出了热热的泪水。

在这个祖传的院子里,他最钟情的是那十几棵粗粗细细的竹子。不是普通的竹子,是稀有的斑竹、罗汉竹、方竹,都是他历年从外地购回并栽种、培植的。

斑竹清瘦有姿，竹竿上缀着黑红的斑点，如血如泪，故又叫湘妃竹。罗汉竹的每一节间隔短促，两端细，中间鼓出，像罗汉的大腹。方竹的竿不是圆的，成四方状，竹皮黄黑。他此生爱竹、师竹，不可一日无此君。他的名字是已故父亲所赐，姓节名新篁字解箨，长大了才知道典出唐诗人元稹《新竹》中的句子："新篁才解箨。"箨是笋壳，竹笋挣脱箨才能成为竹子。

他对老伴华素说："不忙着进屋，我们在竹林的石凳上坐坐，好吗？"

华素是退休的中学语文老师，说："好。你与竹子分别一月，当然要赶忙亲近。"

他们在石桌边的石凳上坐下来。

节新篁说："还记得吗？那年，我们家翻修房屋，得好几个月，城里的一个老友，说他们家在郊外有个空院子，可借给我们住。"

"你一去，就慌了神，那院子里居然没有一棵竹子。

你立即请当地农民买来十几棵嫩竹好好地栽下。"

"要不白天我会神不守舍,夜晚定难入眠。"

"这叫竹癖。癖者,病也。"

节新篁嘀嘀地笑了,说:"下语精准!我是有病呵。"华素也笑了。

节新篁搔了搔满头银发,忽然叹了一口气。

"新篁,又有心事了?"

"华素,我从大学的历史系毕业,先教书,因为业余研究荆楚文化出版了两本学术著作,然后调到文史研究馆。没想过发财,也没要过一官半职,写的书、主编的书虽不能说等身,至少可以等臀。"

"你活得直而有节,也活得充足、高贵。口碑很好。"

"夫人话外有音?"

"没有。比如那天深夜,你突发心脏病,我打电话到医院,居然几辆救护车都开出去了。我只好去敲邻居的门,立刻惊醒了好多家好多人,他们用竹睡椅扎上两根大竹竿变成了抬轿,抬起你就往几里路外的医院赶。一到医院,你被送进了急救室。大夫说再晚来十分钟,你就没法救了。"

"不是我平日做得好,是他们以德报怨。你不是不知道,我这高傲的秉性,就有过分的地方。左宗棠说:'人不可俗,不可不随俗。'我就忽略了,真的很愧疚。"

两个人沉默下来。

在曲曲巷,他们绝不会与人发生什么矛盾,但也绝不会亲如一家。见面点点头,多话不说;劈面相遇,侧身让人先过去;邻居有什么婚丧大事,礼貌地去送个包封,但不会去吃酒宴……他们的独生子留学出国,然后在当地工作、成家、生子,他们守口如瓶,从不对人说。

石凳边斜出一棵罗汉竹,竹根边点缀几朵蓝色的矢车菊。华素欲弯腰把花扯去,节新篁说:"别动!"

"你一直不喜欢竹旁有闲花野草。"

"这一刻,我觉得它们都很入眼。"

节新篁怔怔地看着矢车菊。

他六十岁退休时,因他平日不但学问做得好,而且书法也颇具名声,诸体皆能,尤以楷书和隶书为人激赏,于是文史馆为他操办了一个个人书法展览。报纸和电视都作了报导,曲曲巷的男女老少,无不欢欣鼓舞。个展结束没多久,该过大年了。有几位年长的邻居,上门来请节新篁书写春联,他含笑说:"我正在赶写书稿,时间紧,但我会让各家都贴上春联。"

他当然不会动笔写春联,觉得自己的手迹贴在街巷,有些委屈。他去文化用品店买了几十副印刷品的红纸对联,还有横额,和华素一起,一家一家地去送。

曲曲巷里,几乎家家都有院子,栽种着不同的花木。但节家这几种佳竹,别家都没有。一墙相隔的邻居,上门来请节新篁匀一二棵竹子去栽种,他笑着说:"不容易侍弄的,别费那个神了,想看,你只管来看。"邻居并不见怪，开玩笑说："倘若竹笋过墙来，你应该不会阻拦吧？"他说："绝不阻拦。不过，院墙的基础下得很深，又是麻石砌的，它怎么过去？"邻居"呵"了一声，潇潇洒洒地走了。

不是节新篁小气，而是他有异秉，觉得这样的好竹子，有几个懂得其妙处？别亵渎了这清玩之物。

阳光如金箔，在竹叶间飘飞。

节新篁说："华素，宋人范成大《四时田园杂兴》六十首，你猜我最喜欢哪一首？"

华素笑了，说："你住院时，我天天守在病床前，你说了许多自省的话，特别是邻人乞竹而不允、鞭笋过墙而不能的事，你说得最多。我猜这首诗应是：'土膏欲动雨频催，万草千花一晌开。舍后荒畦犹绿秀，邻家鞭笋过墙来。'"

"知我者，内人也。鞭笋过墙，情至深而无声，心气相通，根叶相连，为人际和谐的大境界，好得很啊。"

华素故意问："你准备用手扯着鞭笋过墙？"

"非也。说到鞭笋过墙，古书中早有妙法。我会先请工匠把院墙下的基脚掘开一个大口，铺上沃土；再在竹林边挖出一道不浅不深的土沟，与基脚的大口相连。然后，在土沟里撒入熬得稀烂的猪骨头和碎肉，再掩上土。竹根也就是鞭笋，会顺着土沟穿墙而去邻家。"

"你是想在无声无息中，改善与邻里的关系。"

"对。待邻家有了新竹，我再传授引竹之法，鞭笋又去他的邻家。以此类推，不出几年，家家皆有湘妃竹、罗汉竹、方竹了。"

不知不觉到了黄昏时候。

院门忽然叩响了铜环。

"节先生、华老师在家吗？"

是隔壁邻居的声音。

他们齐声答道："在！"

"你们别张罗晚饭了。我们已备好，祝贺节先生康复出院,请你们来吃个便饭。"

华素望了望丈夫,不知怎么回答才好。

节新篁大声说:"谢谢!我们马上过来!"

(《百花园》2016年9期)

玉须帘

退休前，竺可帘在公家的"湘潭华帘厂"织帘子。这个厂生产各种形制的门帘、堂帘、窗帘、廊帘、檐帘，材质有绒、棉、布、绸、绢、竹诸种。竺可帘是织竹帘的高级技工。

退休后，回到自家的小庭院，闲得骨头发酸，便自办一个小作坊，经理、工人就他一个人，还是织竹帘。

儿子竺小可早成家另过，老妻洪玲虽可打打下手，但不怎么热心这个事。她常说："老头子，你织了一辈子的竹帘,还没织够?"竺可帘答:"我的姓和名,标榜的就是以竹织帘,非终其一生不可。"

他姓名中的"帘",原本不是这个字,是竹头下加一个"廉"。《说文解字》称:"从竹,廉声。"推行简化字后,就通用为"帘"了。"帘"的原意是什么,是挂在酒店外旗杆上的一块布,名叫"酒帘""酒旗""酒望子",如武松饮酒的店子,"酒帘"上写着"三碗不过冈"五个大字。

在织竹帘的这个行当中,竺可帘是公认的名匠高手。他有一双识竹之眼,选出的南竹必生长期是两年以上的,节与节之间的间距长。然后是刨去青皮、磨平凸节,再经锯段破竹、划片成篾、分丝、匀丝、漂丝、晒丝十几道工序后,才在织帘机上绷好以蚕丝搓成的粗细均匀的线为经,以竹丝为纬,敛声屏气地开始织帘。竺可帘不织一般的竹帘,这种帘子每市尺用竹条不过一百根至一百二十根;他织的是"玉须帘",每市尺须用竹丝一千根以上，织好的帘子还要装上好木头制作的天头地轴，如同装裱过的国画。织这样的帘子，不但要技艺精湛，还须心静有耐性。竺可帘的屁股上，时间坐得变成了厚茧。

竺可帘喜欢读古典诗词，因为那里面有许多关于帘子的妙句，让他浮想联翩。"疏帘淡月，照人无寐"；"金碧上青空，花晴帘影红"……只有竹帘才可以透光，隔而不隔，月影、花影、鸟影……当然也包括女人的倩影，可以实中有虚、静中有动地透现过来，别有一番美感。故古人说："帘后美人，最堪让人心旌摇动。"

竺家的庭院里总是氤氲着竹子的清香，总是轮番响起斧锯声、刀凿声、织帘声。

竺可帘问："儿子、儿媳、孙子，这个双休日怎么没有回来？"

老妻洪玲说："他们忙吧。"

"给你打电话了?"

"没有哇。"洪玲换个话题,说,"老竺,这几条玉须帘,你可织了不少日子了,谁定的货?"

"一个年轻的局长,说是要送给省厅的大领导,只要好,不怕价高。"

洪玲"哼"了一声。

几天后的一个晚上,秋月皎皎。儿媳容巧巧,突然一个人回来了。一见二老,就呜呜地哭了起来。

这小两口曾是大学同学,后来又都考上了公务员,一眨眼四十五六岁了,他们的独生子正读大学一年级。

竺可帘问:"我儿子欺负你了?"

"没有。"

"他赌钱、吸毒了?"

"没有、没有!"

婆婆问:"你哭哭啼啼的,为了什么?"

容巧巧说:"他不想看我,也不想理我。晚上,我们……各住各的房间,都关着门。"

婆婆又问:"他每晚还有休息日,都在家里吗?"

"在。"

婆婆忍不住笑起来,说:"老夫老妻了,看熟了的面孔,说厌了的话题,就这么回事。"

竺可帘说:"我送你两条玉须帘,一条挂在你房门口,有门帘你就不要关门了。一条挂在客厅与阳台的通口处,有月亮的晚上,你可以坐在阳台上赏月、看花,心里就没有烦恼了。"

洪玲说:"这不是那局长订好的货?"

"管他呢,他想要,就再等!先让自家人用。"

"老头子,我要给你一个点赞!"

容巧巧半天没回过神来,心想:你们做长辈的,得教训儿子不要轻慢了儿媳呀,这帘子解决问题吗?

竺可帘说:"巧巧,你跟你婆婆说说体己话,我出去买几包香烟。"

"爹，你去吧。"容巧巧忙说。

……

一眨眼过去了十天。

星期六上午十点，竺小可、容巧巧双双回来了，还挽着手，脸上笑得很灿烂。

竺可帘发现，儿媳妇穿着一件新旗袍，短袖、立领，黑底起碎白花；脸上化了淡淡的妆，眉修长，嘴小巧；发型也变了，高髻上绕一条珍珠项链。儿子呢，白西装、红衬衫、黑领带。

竺小可说："谢谢爹给我们的玉须帘。"

"好吗？"

"好。巧巧坐或站在帘子后，怎么看，都入目。"

容巧巧脸色羞红，说："小可，我还是我呵。"

小可说："你还是你，又不全是你。"

容巧巧笑着转过身，一把抱住了婆婆，在她脸上响亮地吻了几下。

洪玲说:"这小女子乐疯了。"

竺可帘对小两口说:"你们多久没回了,我要提早下厨,弄出几个下酒菜来。"

洪玲问:"要我去帮忙吗?"

"不劳大驾,你就陪着他们聊大天吧。"

"儿子、儿媳,你们多回家呀,我就可以多歇憩了。"

小可、巧巧说:"一定、一定。"

(《小说月刊》2016 年 10 期)

老家虾肉汤包铺

古城湘潭城东有一条小街,叫鱼龙街。这街名据说是清代的一个名人所取,典出古诗中的"鱼为奔波始化龙"。

小街上,排列着形形色色的店铺、作坊,"老家虾肉汤包铺"忝列其间。它是本地的一个老字号,肇兴于清末,休业于"解放"后公私合营时,再次挂牌亮相,已是 20 世纪八十年代初。

现在的主人叫老守艺,七十来岁了,光头,胖胖的,像一尊弥勒佛。他的名字，是父亲所赐，意思是永远守住老家的好手艺。在人们的听觉印象里，与"老手艺"三个字无异。

小街上的店铺、作坊，在这几十年里，总是在变，变建筑格局变招牌变主人变经营项目，只有汤包铺没有什么变化。

铺面临街，平房；平房后面是个小庭院，分布着作坊、厨房、餐厅、居室数楹，不种花草——没有多余的地盘留给它们。铺面宽大，挨墙摆放着案板、炉灶、蒸笼、碗筷，一年四季飘着白白的水雾和诱人的香气。厅堂里摆着几张古旧的八仙桌，桌边是一色的长板凳。墙上挂的是几幅荣宝斋出品的水印木刻画，是依齐白石虾画原迹仿制的，几可乱真。为什么挂齐白石的虾画呢？齐白石是湘潭人，此其一；齐白石画的虾，不是海虾、湖虾，而是洁白透明的小河虾，汤包馅的主料就是小河虾的肉。

老守艺手下的人马，全是自家人：妻子、儿子、儿媳、孙子、孙媳。年近五十的儿子叫老继宗，老实听话，很得父亲的欢心。孙子二十五六岁，读过中专的烹饪班，叫老学坚，是个不安分的角色。

老守艺常暗地里教导老继宗："你要管好你的儿子，让他走正路。"

老继宗说："爹，我会的。"

汤包店历年来生意不错，要在原址上重新盖屋造楼，不缺这个钱。但老守艺决不擅动祖屋，这里风水好着哩。

还有每道工艺，纹丝不动遵循祖制。面粉必是上等精粉，多少斤精粉只加多少比例的水；和成面团后，要用又长又粗的大木棒，一端骑在胯下，一端插在大案上的扣眼里，反复地辗压面团；再切出适量的面块，在案板上摔、揉、拉、扯，直到面团里面生出筋道。然后，把面块揉成长圆条状，切出一个个的小面团，再用擀面杖擀出一片片的汤包皮。馅的主料是虾肉，连同笋片、香菇、香菜，切成细碎的丁，再加进盐、小麻油、酱油、鸡汤、姜、葱、蒜，搅和成半稀半硬状。包汤包时，右手掌朝上凹成窝状，铺上皮子，舀入馅料，右手食指和拇指沿着皮子边缘，均匀地捏叠出十道褶，这叫十全十美，褶头归到汤包顶上，再捏出一个结。最后是上蒸笼，旺火沸水，蒸气直扑笼中，不多不少只需十分钟就熟了。

这样的虾肉汤包能不好吃吗？

当然因原材料价格向上浮动，每个汤包由五角合理地浮到一元。这是汤包铺唯一的变化。每天只卖两千个，卖完了便熄火涮锅洗蒸笼，但不关铺门，留着让过往的行人观看。这时候坐在店堂里喝茶休息的，必定是老守艺。

有人来问："老板，还有汤包卖吗？"

老守艺笑容满面地答："卖完了，明天再麻烦你来，得罪了。"

"别客气。也让我有个想头,明天我再来。"

"多谢捧场!"

孙子老学坚总觉得憋屈,有力气没地方用,手脚好像被捆住了,没法子腾挪闪跳。

"爷爷,为什么一天只卖两千个汤包呢?人手不够,可以招聘几个伙计呀。"

"老家的手艺不外传。你看到的馅,只是这几样东西吗?我还有秘制的汤剂加在里面,我将来会传给你爹的,你好好干,到时候你爹再会传给你。"

孙子心里暗笑:不就是一个汤剂的方子吗?有什么奇巧!

"爷爷,我们可以去网上买新近生产的揉面机、压皮机,不请外人也可以扩大经营规模。"

老守艺瞪圆了双眼,大声说:"你们怕累了?老家的手艺,所有的感觉都在手上,机器能代替吗?滚!"

孙子慌忙退下，偷偷去找老继宗诉苦。

"学坚，你不懂事，为什么要让爷爷不高兴？"

"因为你从不肯说这些话。"

"我现在不说，不代表我将来不做。现在，要紧的是忍着。你懂吗？"

"我只能学着慢慢地弄懂。"

……

老守艺七十五岁了，可以放心地向儿子老继宗交权了。他让儿子当上了名副其实的经理，法人代表也一起更换了。秘制汤剂的配方和做法，也传给了儿子。此后，他和老妻该享享清福了。晨起去雨湖公园散步，夜晚去剧院看看京剧、花鼓戏或者去坐坐小茶馆。一眨眼，就过去了几个月，冬天了。

老继宗忽然来向老守艺汇报情况，精神有些慌乱。

"爹，出事了！"

"出什么事了？慌手慌脚的，哪像个当家的男人。"

"你的孙子学坚两口子,一个月前到银行去贷了款,在城里最热闹的平政街开起了'老家虾肉汤包铺'的分号。"

"你没制止他?"

"他不像我最听你的话,他是个天不怕地不怕的角色。"

"他怎么贷的款,拿什么做抵押?"

"他悄悄地拿走了老屋的房产证。"

"这个败家子,你去银行给我拿回来!"

"合同都签了,有法律效用哩,违约得受重罚。"

老守艺长长地叹了一口气。

"爹,你别急,汤包铺的总部还在这座老屋,对分号有领导和监督作用,不怕这两个小家伙作乱。"

"好吧……我老了,不在位了,谁还会听我的?"

"爹,我就听你的。"

一个星期六的上午,北风怒号,雪花飞扬。老守艺穿着长呢大衣,戴着老人帽,蒙着口罩,一个人去了平政街的汤包铺分号。

好气派！黑底金字横匾挂在店门上方，楼上楼下共三层，每层可摆十张大桌子，吃客坐得满满的。十几个跑堂的，一律是白长褂、白帽子，来去如风。厨房里有多少员工呢？不知道。

老守艺让跑堂的送来一碗四个汤包，并马上付了款。

他先看汤包的外形，还是十个褶，但不均匀。再用筷子在一个汤包上戳了一个洞，让汤汁流出来，然后用小瓷勺舀汤品尝。是老家汤包的味道，又鲜又香，入口有回味。不过，味道缺点儿醇厚。他马上悟出，那秘制的汤剂虽按配方调制，但要密封一月方可使用，孙子他们是现配现用的！他又夹起汤包皮嚼了嚼，虽松软却少筋道，是使用了揉面机、压皮机，不是手工制作的。他心里骂道："这是老家祖传的手艺吗？赚钱赚昏了头。"

旁边的桌子上坐着几个年轻人，买了一大盆汤包，边吃边赞不绝口。

"老家的老手艺，名不虚传。"

"皮好、馅好、汤好，还有吃的环境好。"

老守艺把筷子一搁，碗里剩下的三个汤包，再也不想吃了。掏出手帕抹抹嘴，快步走出店子。

好大的风，好大的雪。

(《广州文艺》2016年12期)

长长的雨巷

　　游波和耿荧的相识又意外又浪漫,一眨眼就四年过去了。

　　那是一个春雨潇潇的午后,他在古桑巷一户人家抄完表出门,从巷口走来一个撑着油纸伞的姑娘,脸上带着温润的笑涡,红色的高跟皮鞋叩击着洁净的麻石路面,很好听。青灰色的巷墙如翻开的书页,姑娘就像一枚精致的书签。他快速地从工具袋里掏出傻瓜照相机,"咔嚓、咔嚓"地连拍了几张。

姑娘渐行渐近，走到游波面前时，停住了脚步。雨声中，她轻轻地说："看样子你读过戴望舒的诗《雨巷》，我像那个雨巷中的人物吗？"

游波说："你应该更真实更生动。"

"是夸我呢，还是夸你的摄影技术？"

"两者兼而有之吧。"

"我叫耿荧。在市图书馆工作。"

"我叫游波。是自来水公司的抄水表工，我为十条古巷的人家用水抄表。"

"还兼摄影，以消解这工作的单调与寂寞。"

"一点也不错。"

"但你过得很充实。"

"对。"

"我们是可以做朋友的。"

"我很乐意。你的姓名里都有火，我的姓名里都有水，是不是会水火不相容？"

"那又如何？不行就'拜拜'。"

"痛快！"

就这样他们相识相恋，四年如一瞬。也有争吵，也闹别扭，最初的雨巷订交印象太美了，老让他们不改初衷。花开过了就该结果，可一谈到成家，两人就束手无策。耿荧的爹娘在乡下，她是长女，底下还有两个弟弟，月月得寄钱回去。游波的父母只是普通工人，因厂子效益不好，精简人员而提早退休，工资很少。他们不能依老、啃老，一切得靠自己。结婚得有房子，即便贷款，首付款的十万元都凑不齐，何况房子还要装修，买家具、电器，让婚庆公司操办婚礼和宴请亲朋好友，都得花钱。

耿荧说："我决非嫌贫爱富的人，可总不能扯个结婚证，把两个人的被褥放在一起吧？"

"我理解，也不怪你，我就这点出息。不能耽误你呵，你作任何决定……我都赞成。"

"……"

他们一连好多天,都没有碰面,也没有打手机、发短信问候。

游波似乎早就预料到这个结果,心里发痛却并不鸡飞狗跳,他每天该干啥还干啥,不紧不慢地轮番着到十条巷子抄表,古桑巷、当铺巷、郑家巷、清平巷、龙凤巷……出东家,进西家,拧开水表盖,抄出用水的吨数,应住户主人之邀坐下来喝茶、闲聊。然后用他的相机拍巷道、巷墙、墙根下的碑刻,拍住户的雕花门楣、铜环大门、门槛、门墩、庭院、照壁、天井、厅堂、花窗、晒楼……如今的照相机不要胶卷,怎么拍都不心慌,回家后再输入电脑留存。

他十八岁开始当抄表工,一干就是十年。在自来水公司,抄表工没人愿意干,既无技术又工资不高;有些人家还得晚上去抄表,因白天主人都上班去了。但游波乐意,只要完成工作任务,没有时间的限制,没有人对他指手画脚，寂寞是寂寞，但自由。他置办了照相机随身带着，解寂寞也长见识。他喜欢古香古色的巷子，并读过许多谈古建筑的书，楼、台、亭、阁、轩、榭、堂、室、厢房、庖厨、庭、院……以及古建的构件、附件、配件，努力明晓其名称、形制、功用。他庆幸自己游走在古典的氛围中，沉溺在古典的情调里，有时真觉得自己是一个远离"现在"的人。

耿荧会作出什么决定，游波管不着，主动权都交给她了。这么多天她逝若惊鸿，或是在细细思量，或是在另觅新知，他无须去打探。他焦灼的是不断听到巷里人家，谈到这些古巷将要拆毁，以便建起一大片商品房，投资老板是香港的一个巨富。

每当游波去抄表时，那些老爷爷、老奶奶总要向他倾诉心中的眷恋、抱怨乃至愤怒。

"小游，我们世代住在这里，突然叫我们搬迁，谁个不伤心落泪？"

"而且补偿费那么可怜,政府还说是安居工程,屁话!"

"这样古老的巷子,是历史的见证,拆了就没有了。历史,用钱买得到吗?"……

游波太熟悉太喜欢这些古巷了,感同心受。可惜他不是一言九鼎的领导,只要下令便可终止这种愚蠢的举动;可惜他不是财力更雄厚的名商巨贾,能花大钱去保护这些古建筑。他只是一个抄表工,但他可以呼吁,利用他的照片和网络,这不犯法!

每夜灯下,游波打开电脑,在他的博客里设立新的栏目:古城即将消亡的古巷。把每条古巷的照片和简短的说明、评述文字,认真编排,发到网上去。尤其是墙根下的各户的界石,上面写着"咸丰""光绪""民国"的建造时间,用特写镜头放大,更触目惊心。这些照片都是历年所拍,储存在自己的资料库里,没想到现在派上了用场!

游波的照片和文字,本地人很关心,一经发出,跟帖的大有人在,古巷的存或毁,一时成为热点。

游波觉得很解气。

春雨潇潇的午后,耿荧忽然打电话来,约游波在清平巷中一家小茶馆见面。"我会撑一把油纸伞来,让你想起我四年前的样子。"

当耿荧走进小茶馆时,游波已端坐在一张小桌子前了。耿荧收拢伞,用力甩了甩,脸上很沮丧。她以为游波会站在门口,用照相机为她拍照哩。她款款走过去,很不高兴地坐下。

游波对服务员说:"给她来一杯龙井绿茶。我呢,来一杯安化黑茶。"

"黑茶苦呀。"耿荧说。

"苦点儿好。"

"那我要告诉你一个清香津甜的消息。"

"你说吧。"

"我想了这么多天，想明白了，我们不能分手，而且可以赶快成家。"

"租个房，把两人的被褥凑在一起？"

"不！买房，热热闹闹办喜事。"

游波仰天大笑，调侃道："我去抢银行？"

耿荧说："你自己就有一个银行！"

"笑话。"

"游波，你就没把自己看起过，可悲。这些天，我在干什么？我在寻找赏识你的伯乐，居然找到了！你多年来拍的古巷照片，价值非凡啊。有一位从事仿古建筑的老板，对你的作品很感兴趣，他愿意出大价钱买下你全部的作品。你猜多少钱？"

"不知道——也不想知道，你就慢慢编吧。"

耿荧严肃起来，细细的双眉挑起，说："我对天发誓，不是编，是真的。一百万！"

游波惊大了一双眼睛，耿荧不像是开玩笑，不由他不信。"一百万,没有什么附加条件?"

"当然有。他出大价钱,是为了独家所有,是买断你的版权,为了他将来的工程设计。从此,这些照片你就不能使用了。你发照片给老板时,由我看着,必须彻底清仓,不能留下一张原件。以前发在你博客里的照片和文字,也要全部删去。"

游波低头不语,那是他用了十年的时间拍摄、精选出来的照片,从此就不属于他了,怎么舍得?

"游波,我猜你是舍不得,那又怎么样?其实你日后还可以拍呀。难道你忍心我们就为缺钱,而不能生活在一个屋檐下?难道你忍心让我撑一把油纸伞,永远孤独地走在雨巷中?"

耿荧的眼里涌出了泪水。

游波咬了咬牙,说:"我……同意。"

耿荧揩去眼泪,从手提包里拿出一张支票和两份合同,递给游波。"这是一张一百万的支票。两份合同,老板已签了名字,你也签吧。"

耿荧居然把一切都安排好了,游波十分惊诧。

当游波以甲方名义在合同书上签字时,他注意到乙方的签名人是胡凯。签好字,还没放笔,耿荧在他脸上甜甜地吻了一下。

……

举行婚礼和婚宴的那天,上午十一点钟,游波和耿荧并排站在酒店的大厅里,迎接前来贺喜的客人。大厅的四面墙上,都挂着宽银幕电视机,正滚动播报本地新闻。

"本台消息:今日上午九时零八分,城南古桑巷、当铺巷、郑家巷、清平巷、龙凤巷……等十条老巷,开始全面拆除,这里将成为一个最大的商品房建设基地,是一项温馨的惠民工程。投资方为香港华益股份有限公司,斥资十亿元。总经理胡凯先生说:'从运筹到正式动工,都得到当地政府和市民的拥护和协助,无任何非议和阻工行为,可见贵地的文化素质之精良!'"

胡凯的名字,猛地嵌入游波的脑海。原来胡凯并非耿荧所说的是个从事仿古建筑的人,而是拆毁古建筑、搞房地产开发的大老板。关键是胡凯手眼通天,可以从网上游波发的照片、文字及网民的跟帖上,预测到将使其大业付诸东流水的危险性,立刻实施有效的应变方法。胡凯居然可以调查出游波与耿荧的关系史,找出他们的软肋,再让耿荧对男朋友软硬兼施,一步步并肩走进设好的局中:把照片的版权买断,删去博客中的有关照片和文字;网站屏蔽网民们的议论;自来水公司换人抄表;电视台发褒奖的新闻……不用说,都是用不正当的手段一一摆平,让人无话可说。

游波望着屏幕上的推土机、挖掘机,成排列阵地捣毁着古老的巷墙、房屋,感到心口一阵阵绞痛。他当然不能阻止这种疯狂的欲望,别人也不能。但他却为了一百万元,为了他和耿荧的婚事,再没有在网上发出自己的声音!古巷没有了,连那些见证古巷的真实照片也会被销毁。历史的某个片断,就这样无声无息地被删削了,他有了突如其来的负罪感。

新婚第二天早晨,曙色初现,游波一骨碌爬下了床。

耿荧说:"再抱着我睡会儿,起这么早干什么?"

游波粗声粗气地说:"十条古巷在拆除,我去拍它们的废墟。废墟,也是一页残破的历史。"

"神经病!我再不会走在雨巷中了,因为雨巷没有了。"然后,她又睡着了。

游波回头看了看妻子,心里说:"还有雨巷中的你——也没有了。"

(《广州文艺》2016 年 12 期)

牵手归向天地间

马千里一辈子不能忘怀的,是他的亲密战友小黑。小黑为掩护他,牺牲在湘西剿匪的战斗中。他至今记得当一身是血的小黑,已无法站立起来时,却把头向天昂起,壮烈地长啸了一声,欲说尽心中无限的依恋,然后阒然而逝。

小黑是一匹马。

马千里已八十有三,在他的心目中,小黑永远年轻地活着,活在他的大写意画里,活在他画上的题识中。

可如今他已是灯干油尽了,当时留下的枪伤,后来岁月中渐渐凸现的衰老,特别是这一年来肝癌的突然逼近。他对老伴和儿女说:"我要去和小黑相会了,何憾之有!"

他的家里,画室、客厅、卧室、走廊,到处挂着关于小黑的画,或中堂或横幅或条轴,或奔或行或立或卧,全用水墨挥写而成,形神俱备。只是没有表现人骑在马上的画,问他为什么?他说:"能骑在战友身上吗?现实中有,我心中却无。"题识也情深意长,或是一句警语,或是一首诗,或是一段文字,不是对马说的,是对一个活生生的"人"倾吐衷曲。

马千里不肯住在医院里了,药石岂有回天之力?他倔犟地要待在家里,随时可以看到画上的小黑,随时可以指着画向老伴倾诉他与小黑的交谊。尽管这些故事,此生他不知向老伴讲了多少遍,但老伴总像第一次听到,简短的插话推动着故事的进程。

"我爹是湘潭画马的高手,自小就对我严加督教,

'将门无犬子'呵,我的绘画基础当然不错。'解放'那年,我正上高中,准备报考美术学院。"

"怎么没考呢?"老伴问。

"解放军要招新兵了,我和几个要好的同学都向往戎马生涯的诗情画意,呼啦啦都进了军营。首长问我喜欢什么兵种,我说想当骑兵。"

"你爹喜欢马诗和马画,你也一脉相承。唐代李贺的马诗二十三首,你能倒背如流。最喜欢的两句诗是:'向前敲瘦骨,犹自作铜声。'"

"对。部队给我分配了一匹雄性小黑马,我就叫它小黑。小黑不是那种个头高大的伊犁马或者蒙古马,而是云贵高原的小个子马,能跑平地也能跑山路。它刚好三岁,体态健美、匀称,双目有神,运步轻快、敏捷,皮毛如闪亮的黑缎子,只有前额上点缀一小撮白毛。"

"小黑一开始并不接受你,你一骑上去,它就怒嘶不已,乱跳乱晃,直到把你颠下马来。"

"你怎么知道这些?"

"你告诉我的。"

"后来老班长向我传道,让我不必急着去骑,多抚小黑的颈、背、腰、后躯、四肢,让其逐渐去掉敌意和戒心;喂食时,要不停地呼唤它的名字……这几招,果然很灵。"

"因为你不把它当成马,而是当成人来看待。"

"不,是把它当成了战友。不是非要骑马时,我决不骑马,我走在它前面,手里牵着缰绳。"

"有一次,你失足掉进山路边的一个深坑里。"

"好在我紧握着缰绳,小黑懂事呵,一步一步拼命往后退,硬是把我拉了上来。"

"1951年,部队开到湘西剿匪,你调到一个团当骑马送信的通信员。"

"是呵,小黑也跟着我一起上任。在不打仗又没有送信任务的时候,我抚摸它,给它喂食,为它洗浴,和它有一搭没一搭地说话。它不时地会咳咳地叫几声，对我表示亲昵哩。"

"你有时也画它吧？"

"当然画。用钢笔在一个小本子上，画小黑的速写。因老是抚摸它，它的骨骼、肌肉、鬃毛我熟悉得很，也熟悉它的喜怒哀乐。只是当时的条件所限，不能支画案，不能磨墨调色，不能铺展宣纸，这些东西哪里去找？"

"你说小黑能看懂你的画，真的吗？"

"那还能假。我画好了，就把画放在它的眼面前让它看。它看了，用前蹄轮番着敲击地面，又咳咳地叫唤，这不是'拍案叫绝'么？"

老伴开心地笑了，然后说："你歇口气再说，别太累了。"

马千里靠在床头，眼里忽然有了泪水，老伴忙用手帕替他揩去。

"1952年冬天,我奉命去驻扎在龙山镇的师部,取新绘的地形图和电报密码本,必须当夜赶回团部。从团部赶到师部,一百二十里地,正好暮色四合。办好手续,吃过晚饭,再给小黑吃饱草料。我将事务长给我路上充饥的两个熟鸡蛋,剥了壳,也给小黑吃了。这个夜晚,飘着零星的雪花,寒风刺骨,小黑跑得身上透出了热汗。"

"半路上要经过一片宽大的谷地,积着一层薄薄的雪花,突然小黑放慢了速度,然后停住了。"老伴说。

"是呵,小黑怎么停住了呢?累了,跑不动了?不对呀,准是有情况!夜很黑,我仔细朝前面辨认,有人影从一片小树林里走出来,接着便响起了枪声。他娘的,是土匪!我迅速地跳下马,把挎着的冲锋枪摘下来端在手里。这块谷地上,没有任何东西可作掩体,形势危急呵。小黑竟知我在想什么,蓦地跪了下来,还用嘴咬住我的袖子,拖我伏倒。"

"它用自己的身体作掩体，真是又懂事又无私。"

"好在子弹带得多，我的枪不停地扫射着，直打得枪管发烫，打死了好些土匪。我发现小黑跪着的姿势，变成了卧着、趴着，它的身上几处中弹，血稠稠地往外渗。我的肩上也中了弹，痛得钻心。我怕地形图和密码本落入敌手，把它捆在一颗手榴弹上，一拉弦，扔向远处，'轰'地一声全成了碎片。"

"小黑牺牲了，你也晕了过去。幸亏团部派了一个班的战士骑马沿路来接你，打跑了残匪，把你救了回去。小黑是作烈士埋葬的，葬在当地的一座陵园里。"

"后来，我被送进了医院……后来，我伤好了，领导让我去美术学院进修……后来，我退伍到了地方的画院工作。"

"几十年来，你专心专意地画马，画的是你的战友小黑。用的是水墨，一律大写意。名章之外，只用两方闲章：'小黑''马前卒'。你的画，一是用于公益事业，二是赠给需要的人,但从不出卖。"

"夫唱妻随,你是我真正的知音。"

在马千里逝世的前一日,他突然变得精气神旺盛,居然下了床,摇晃着一头白发,走进了画室。在一张六尺整张宣纸上,走笔狂肆,画了着军装、挎冲锋枪的他,含笑手握缰绳,走在小黑的前面;小黑目光清亮,抖鬃扬尾,显得情意绵绵。大字标题写的是"牵手归向天地间",又以数行小字写出他对小黑的由衷赞美及战友间的心心相印。

待钤好印,马千里安详地坐于画案边的圈椅上,慢慢地合上了眼睛……

(《小说月刊》2017年1期)

聂 耽

聂耽的这个名字很特别,繁写的"聂"字是三个"耳",加上"耽"字的一个"耳",共有四只耳朵。当年写《义勇军进行曲》以后变成国歌的作曲家聂耳,姓名中也是四只耳朵!

其实,聂耽最初叫聂丹,尽管著名电影演员有赵丹,但他终觉这个"丹"字太女性化了,不阳刚。他的耳朵大而长,读小学和初中时,伙伴们给了他一个绰号:"大耳朵"。他一点都不恼,"大耳朵"比那个"丹"

字有气派。

聂耽性格内敛，不喜欢疯跑乱叫，好静，尤好静中读书，读课内书也读课外书。初中毕业，他选择了去读中专技校，是"家有万金不如薄技在身"的古语对他起了作用。他还作出了一个重大决策，改名。他决定用同音字"耽"，取代那个"丹"。他在读古书《淮南子》时，"夸父耽耳"一语让他眼睛一亮，注解中说："耳大而垂谓之耽。"他的绰号不是"大耳朵"吗？

技校毕业，聂耽分配到一家国营纺织厂当保全工。保全工就是维修工，哪台纺纱机、织布机出故障了，一个电话打过来，他和他的工友便提起工具包，立赴现场去处理。待机器重新运转，他们便如鸟儿归巢，回到保全班的值班室里。

四十多年过去了。

聂耽退休了。

他的家是一个前庭后屋的格局，嵌在古城湘潭一条长而窄且弯弯曲曲的巷子里,巷子名叫曲曲巷。小庭院是祖产,安静、亲稔、自在,正如鲁迅的诗句所言:"躲进小楼成一统,管他春夏与冬秋。"所以他不去住什么社区的高楼大厦,那是一个个关鸟的笼子,憋屈!何况,曲曲巷的位置太好了,出巷口便是商铺林立的平政街,卖什么的都有,热闹、便利;而一出巷尾,则是四时景物宜人的雨湖公园,湖光潋滟、长堤、小桥、亭阁、花树随处可见。

聂耽没退休时,在这条住着二三十户人家的巷子里,是个没人多看一眼的角色,不就是一个做工的么!何况,他除碰见人了微笑着打个招呼外,从不去串门,也绝不会邀人来家闲坐、喝茶。别人家有婚、丧、做寿、生孩子之类事,往往是由聂耽的夫人去送礼、赴宴,他很少出头露面。

但在聂耽临近退休时,突然发生了一件惊天动地的大事,让巷中人不能不对他刮目相看。

全国纺织系统（包括国营、民营企业）的保全工，经过层层选拔，十个优胜者再参加决赛，聂耽居然蟾宫折桂，夺得了冠军！中央电视台进行了现场直播：在一个巨型车间里，几十台纺纱机、织布机一齐开动，机声喧闹；被蒙上眼睛的聂耽，坐在车间的上端，他能在嘈杂的机声中，听出哪台机器有了毛病，毛病出在什么地方，百分之百的准确！

现场直播的事，是聂夫人失口说出去的。正好是星期天的上午，全巷的男女老少都在看。很多特写镜头，都停留在聂耽的耳朵上，又大又长不说，而且在聆听时，耳郭会敏感地扇动，忽快忽慢，让人啧啧称奇。

当决赛结束，评委主任宣布聂耽排名第一时，巷子里响起了经久不息的鞭炮声。湘潭曲曲巷出了这样一个全国有名的大人物，太了不起了！

欢呼之余，大家也有了愧意，几十年来对聂耽了解得太少了。这个功夫聂耽是怎么练出来的？他上班到底有什么异常表现?他喜欢吃什么、穿什么?业余有什么爱好?退休后在家干什么?国人对名人的一切,素来怀有浓厚的兴趣,哪怕每天拉几回尿、打几个喷嚏都津津乐道,所谓"追星族""铁杆粉丝"是也。

各种各样的信息,从不同的渠道汇集到一起:

聂耽吃饭菜和大家基本相同,但尤喜吃素;穿衣服不喜欢什么名牌,合身就好。

他耳朵虽大,却无先天的特异功能,是后天练出来的。练的方法有两种:其一,是上班没活干时,工友们都坐在值班室里等候,聂耽却提一把小凳子坐在车间一角,闭着眼静听喧闹的机声,身子可以一两个小时纹丝不动,扇动的只是他的耳郭;其二,是他家的小院里,花树之间立着几个木架子,木架上挂着长短、大小、厚薄不同的铁片、钢条、铜圈,有的还故意凿出裂纹,一一编上号,聂耽闭着眼坐在台阶上,让家人轻重缓急地敲击它们,他边听声音边叫出编号的位置,或者干脆只听风声、雨声击打金属的声音,听开花、落叶、虫鸣的声音。

业余爱好,除听声音之外,便是读各种专业技术书籍和文史方面的闲书,闲书中最钟情的是《淮南子》《山海经》《世说新语》《阅微草堂笔记》《幽梦影》之类。

聂耽把获奖的十万元,全捐给了市里的"爱心救助工程",一个子儿都不留。

……

可获奖后的聂耽,和从前没有丝毫不同的地方,别人当面和背后的议论、赞扬,他似乎都没听见——耳朵直愣愣地矗着,一动也不动。

不同的是,在休息日,常有本单位和外单位的青年工人,来曲曲巷拜访退休了的聂耽。院门是关紧的,他们在说什么、做什么,没有人知道。有时,聂耽会领着这些年轻人走出巷尾,到雨湖公园去游玩,笑语声一路撒落，滴溜溜转。

与聂耽隔着巷道门对门住的是刘聪。

刘聪四十岁出头，留过日，现在是一家大医院五官科专治耳疾的主治大夫，在治耳鸣、假聋、耳膜破损等方面名声远播。他对聂耽的超常听力很感兴趣，希望从中找出什么奥秘，或许会有助于他对耳疾的治疗。可聂耽不乐于与人打交道，令他束手无策。现在他有法子啦，可以跟在聂耽一群人后面，也看风景，也听他们说话，不会没有斩获。

秋日的午后，聂家的门打开了，聂耽领着七八个小伙子和姑娘，朝巷尾走去。刘聪知道，这群年轻人是上午来的，眼下吃过了午饭，聂耽领着他们去雨湖公园蹓跶，他便悄悄地跟在后面。

游柳堤，看水中游鱼历历。过花坞，嗅清苦的菊香。倚八仙桥的红栏，看天上雁字横斜。然后他们坐进周家山的听风轩，听秋风飒飒。

聂耽的耳郭忽然动了起来,然后用手一指,说:"那阶边的一颗小石子,压住了一只蝈蝈的腿,它叫得很痛苦。"

大家感到很惊异。一个小伙子飞快地跑过去,扒开一块小石头,蝈蝈"嗖"地跳起来,很快乐地鸣叫着。

有人问:"聂师傅,你是怎么听出来的?"

聂耽说:"因为听多了,听熟了。"

坐了一会儿,他们又朝湖心亭走去,有一条宽宽的水上石栈道通向那里。年轻人簇拥着聂耽,又说又笑。还有三三两两的游人跟在后面慢行,老人的拐杖声,女人的高跟鞋声,孩子的喊叫声,此起彼落。

走在最后的刘聪,忽然从口袋里摸出一个一元钱的硬币,让它垂直落下,硬币掉到石板上,清脆地一响。几乎所有的人都听见了钱币落地的声音,都停下脚步回过头来,目光搜索着发出声音的方位。

只有聂耽什么也没听见,依旧向前走去。

刘聪抱歉地对大家笑了笑,弯腰拾起硬币,然后转身走了。他知道,聂耽只听见他想听见的声音,想听见的声音就一定能听见!

(《光明日报》2016年12月31日)

方圆古泉斋

在古城湘潭的平政路十一总,有一家百年老店"方圆古泉斋",专门经销古钱币。门脸不大,店堂也不宽敞,但名气很大。如今的老板姓甄名曲声,五十来岁,身材矮胖,但一双眼睛特别亮,称之为"目光如炬"绝非虚词。

"泉",是古钱币的另一名称,《周礼·地官·泉府》说:"泉与钱,古今异名。"《汉书·食货志》谓钱币总是如泉水般不断流通的,故名。

喜欢收藏、赏玩钱币的人，或是家道殷实，有钱也有闲；或是腹笥丰盈，学有所长。这些人常常光顾"方圆古泉斋"，视甄曲声为知交。

这里的货源较为充足，低档、中档、高档的都有。前两类陈列在货架上，任人观看、选购；高档的则盛于各种不同的锦盒里，有行家问及方拿出来，如刀币、布币、蚁鼻钱、五铢钱、金错刀币、对钱、合背钱等。各种钱币的来源，一是有人送上门来兜售；二是甄曲声在本地或外地收购而来。他有好眼力，辨年代、断真伪、识品相，从不会错。既有对家学的传承，自己又喜读书、善交游、重实际考察，大家称他是"真正钻进钱眼里"的人物。

"华兴绸布贸易公司"的总经理华壮飞，业余喜欢收藏古钱币，他不常来"方圆古泉斋"，但来了就要买高档货。华壮飞比甄曲声年长两岁，瘦高个，脸窄、眼小、口阔，性子很直率，走路一阵风，说话像放连珠炮，语速快,声音宏重。

气焰喧嚣的日寇,攻陷武汉后,南下直逼长沙。湘潭与省会长沙相距不过七八十里远,气氛顿时紧张起来。

夏天的一个上午,"方圆古泉斋"没有什么顾客,很静。甄曲声坐在柜台里,默读南宋洪遵所著的《钱志》一书。

华壮飞忽然走了进来,大声说:"甄老板还能安然读书,修炼到家了。"

甄曲声放下书站起来,说:"华兄好些日子没来了,快请坐。国事日艰,谁还顾得上玩赏钱币呵,我正闲得无聊哩。"

两人在店堂的八仙桌边坐下来,喝茶、抽烟。

华壮飞说:"我想购一枚古钱,不知贵店有没有?"

"什么古钱?"

"'靖康'钱!"

"这是稀罕物,我只见过几次。但兄若真心想要,我可以去访寻。"

"当然是真心要!"

"靖康"是北宋最后一个年号,在位的皇帝是宋钦宗赵桓,为公元 1126 年。第二年,钦宗父子便被金人所掳,史称"靖康之耻"。

"华兄是要'靖康通宝'还是'靖康元宝'?是要何种书体的?什么价才肯接受?"

"只要有'靖康'二字的钱币就行,价亦不论。我要将它系在身上,以警示自己莫忘国耻、卧薪尝胆,还要让亲人、朋友时时看见,好同心协力抗击倭寇。"

"华兄可见过这种古钱?"

"我只听人说过,也看过图谱,没见过实物,此生引以为憾。拜托!拜托!"

华壮飞说完,站起来,拱拱手,咚咚咚地走了。

两个月过去了。

甄曲声知道湘潭的收藏家和大户人家的手上，绝对没有"靖康"钱。他去了本省和外省的大城市，叩访一些打过交道的古玩商和收藏家，终于在成都一个古玩商的手里，购到两枚一模一样的"靖康通宝"，钱文是瘦金书体的楷字，而且是宋钦宗的手笔，故可称为"御书钱"。但他在放大镜下细看钱文和铜质，便断定一枚是真的，另一枚是清代的仿品。

古玩商坦率地说："我知道你的眼力厉害，但是，我得两枚一起卖，真的三两黄金，仿品一两黄金！否则，我不出手。"

甄曲声咬了咬牙，认了。若不是老友所托，他能吃这个亏吗？何况华壮飞是要用这种钱抒怀、励志！

回到湘潭，甄曲声守口如瓶，不向任何人提起此事。每夜，他在灯下握着放大镜看了又看，思绪万千。最后决定，把仿品当真品交给华壮飞，收三两黄金，而且声明就访到这一枚；把真品留下来，日后自有大用。

甄曲声将"靖康通宝"送到华府。

华壮飞细细地观赏一阵后,说:"辛苦你了,谢谢。三两黄金,值!"

甄曲声心有内疚,悻悻然告辞。

许多人都知道华壮飞有了"靖康通宝",至于是从何处得到的,他笑而不答。他用一根白丝绦穿过钱孔,再系到腰带上。凡有人要看,他就掏出来一示。口里念着岳飞《满江红》中的句子:"靖康耻,犹未雪;臣子恨,何时灭!"

甄曲声钦佩华壮飞,也为老友担心。难保城中就没有日、伪特务,把老友的名字写进黑名单!

1944年秋,沦陷了的湘潭,到处飘着日寇的膏药旗。

华壮飞突然被关进了日军宪兵队的大牢里,罪名是:他的"华兴绸布贸易公司",悄悄地为抗日游击队捐赠了大量做军装的土棉布;身系"靖康通宝"古钱,鼓动他人抗日情绪。那枚古钱被汉奸从他身上搜出,并用铁锤当众砸碎了。

甄曲声通过不少关系,在华壮飞将被处死的前一天晚上,提着盛酒菜的食盒,去监狱探看老友。

收了钱的狱卒避开了。

他们坐在发臭的草垫上,摆开了酒、菜、碗、筷、杯。

"曲兄,多谢你来看望我。"

"华兄,我对不起你呵。"

华壮飞截住他的话头,小声说:"你想说什么我知道。你给我的'靖康通宝',当时我一看就知道是仿品,本想揭穿,但马上从你平素的为人上推测,你还有另一枚真品,留下来定有深意。果真如你所料,若砸碎的是真品,何其痛惜。"

"我带来了真品,想当面交给你。否则,我最初良好的愿望与日后渐多的自责,会无休无止地折磨我,度日如年呵。"

"我以'靖康通宝'仿品张扬于人前,是为张扬抗倭之正气。你好好保留真品,同样是保存中华之国粹。千万别给我真品,一个将死之人能保存完好吗?来,且痛饮三杯!"

"好!正如古人所言:'仰天大笑出门去,我辈岂是蓬蒿人。'"

"痛快!"

"痛快!"

……

抗战胜利后,甄曲声将真品"靖康通宝"转交给了华壮飞的夫人及孩子。

新中国成立后,华壮飞的亲人又将此物捐赠给了湘潭市博物馆。

(《百花园》2017 年 1 期)

胡家村的龙虎关

瑟缩在湘黔边界的胡家村,这几年忽然热闹起来了。就因为在这块地界上,老祖宗留下了一座古城堡,名叫龙虎关,县里拨下了专项扶贫款,把龙虎关修旧如旧,又修好公路,再经宣传,这里立即成了一个旅游热点。

胡家村的村民,祖祖辈辈靠种包谷为活,莽莽苍苍的大山,当然也产茶叶、野果、蔬菜,但交通不便,怎么往外运?换不来现钱啊。于是,穷,且穷得很冷清。

龙虎关离胡家村不过三里地，左边是青龙山，右边是白虎山，两山之间是商旅的通道。大概在清康熙年间便在这里设卡筑关，一是为防止边民作乱，二是为保证边贸的税收，龙虎关的城墙都是粗犷的麻石砌成，城高且厚，城墙上有望楼、烽火台、行道、石级。城垛与城垛，依次排列，像一个个的"凹"字。

村民万万没想到，这玩意城里人觉得新鲜，更没想到要花钱买票才能看；看了龙虎关，还要买他们地摊上摆着的茶叶、野果、蔬菜、腊肉、腊鱼，说这是百分之百的生态食品。

有古代的龙虎关，就不能没有守关的将军和兵卒。县里的旅游局，为龙虎关免费捐赠了仿制的古代军装和兵器。将军的装束最显眼，头盔、甲胄、护心镜、宝剑，威风凛凛。兵卒军装的前胸后背，都印着一个粗黑的"兵"字，一手拿藤制的盾牌，一手握长矛或是大刀。将军的无二人选，自然是村长胡大尊。兵卒呢，一家出一个，无论年纪大小，只要是男的，上一个白班工资三十元；值一个夜班工资十元，这叫大家发财，共同富裕。

一年四季，早晨七点钟的时候，矮矮墩墩的村长胡大尊，用粗壮的喉咙，沿着村路喊过来吼过去："各位乡亲注意了，再过十分钟集合，去龙虎关！"

年过花甲的胡四，吃过早饭后，照例手里还端着一碗米酒，坐在火星四溅的火塘边，慢慢地喝，不时地咂一咂嘴巴，味道太好了。

儿子胡长生走过来，说："爹，你该去上班了。"

胡四说："我知道。我就不明白，怎么只有胡大尊当得了将军？我们就只能当兵？"

"爹，当兵又不累。我还想去呢，可家里的田土要人侍弄。你有心脏病，这份好差事只能让给你了。"

"长生，辛苦你了。两个孙子读书，要花钱。你妈身体不健旺，看病吃药也要花钱。幸而有龙虎关，我还能赚几个钱补贴家用……"

胡四还想说什么话,马上咽了下去,然后把碗中的酒倒进嘴里,站起来,说:"我走了。"

胡四虽庆幸自己可以当"兵"赚钱,但心里憋屈得慌,为什么胡大尊当了村长还可以当将军,他却只有当兵的命,呸!听老辈子常说起一代一代往下传的故事,胡四的祖辈中就有当过将军的人物,他是作古正经的将军后裔,而胡大尊祖上只出当兵的角色。胡大尊当村长就捞了不少好处,只是没人敢说,而他当龙虎关的将军,工资每天是六十元,何况还有其他的进项。老天不公!

冬天来了,大山里的雪飘得早,老北风像刀子一样,削得人脸生痛。可来龙虎关观光的游客依旧不少,一拨一拨的。

胡大尊和胡四这一帮村民,一般在早晨八点左右来到龙虎关,然后在望楼的休息室里,换上各自的军装,拿上熟悉的兵器,站到城墙上已规定好的位置上去。胡四因年纪大,又没有个看相,胡大尊让他站到城墙的顶边上。等大家各就各位了,胡大尊吼一声:"都给我打起精神来,让游客有个好印象!"说完,他赶快钻进望楼的休息室,去烤木炭火、喝滚烫的茶。当游客上了城墙,胡大尊便会闻声而出,头盔上的红缨子随风飘动,像一束火苗,甲胄闪着青黑的光泽,腰间的宝剑在匣中嘎嘎而鸣。

胡四望着胡大尊,心里说:你威风个鸟!

现在的手机都能照相,游客可以并排和守城的任何一个兵将合影留念,但照一次相得付五块钱小费。这小费不必上交,可以大方地收入囊中。胡大尊的装束好看,喜欢和他合影的人很多,所以他得的小费远远超过别人。胡四年老,站的位置又不显眼,难得有人来和他合影,他心里很难受,不仅仅是收入少,更重要的是当将军的那一份荣耀与他无关!胡四的眼眶湿了,赶快转过身去,面朝城墙外:山舞银蛇,原驰蜡象。记得村民在上岗前,县里来人讲课培训,就讲到唐代的边塞诗和毛主席诗词,动员他们读和背。胡四读过初中,算是个有文化的人,记性也不错。雪冷风硬,他手中的盾牌和长矛上都结了冰。他想起了唐代岑参的诗句:"将军金甲夜不脱,半夜行军戈相拨,风头如刀面如割。"

下午四点钟,游客都走了,龙虎关静如远古。在望楼的休息室,大家脱下军装、放下武器,准备回家了。

胡大尊问:"今晚谁值班?"

没有一个人吭声,谁都不想赚这十元钱的值班费,在家里多舒服啊。

胡大尊脸一黑,骂起人来:"都想在家里钻热被窝,抱着老婆睡,胡家村什么时候能摘掉这顶贫困的破帽子?"

有人小声说:"你也可以值班呀。"

"屁话！古代守关，也要将军值班吗？"

胡四忽然说："我来值班！不过，我有个条件，以后每晚都由我值。"

大家一齐鼓掌欢呼。

胡大尊说："还是胡四觉悟高。柜子里有水酒，有熟红薯、熟芋头，你可以热着吃。这是钥匙，你要好好保管。我会告诉你的家人，说你晚上值班。我们走了，再见！"

"好。谢谢。"

天色很快就暗了下来。雪停了，风住了，云缝间居然挤出一弯月亮，洒下冰冷的光辉。休息室里的电灯早亮了，木炭火烧得旺旺的。胡四热了几个红薯和芋头，又烫了一壶水酒，吃得肚子鼓胀、身上发热，然后到城墙上去巡视了一番，确信这龙虎关只有他和他的影子后，便赶快回来。休息室的隔壁是"军备库"，他掏出钥匙，打开库门，再摁亮了电灯。正前方的墙上，挂着胡大尊的将军装备。他走上前,用眼看、用手摸、用鼻子嗅,突然大喊一声:"老子也要当一回将军!"

平素看过胡大尊怎么穿戴,胡四早就记在心里了。戴头盔、穿铠甲、安护心镜、蹬牛皮履、系宝剑,利利索索。再走到立式大镜前,左看右看,俨然是一位身经百战的老将军,比胡大尊强了十倍、百倍!胡四哈哈大笑后,立刻庄重地板紧脸,他该去巡视站岗放哨的部下了,谁夜里偷睡或擅离职守,军法不容,先打他五十军棍。

胡四走在空荡荡的城墙行道上,一个一个城垛看过去,还不停地大声呵斥:"胡大海,你怎么坐到地上了?站起来,兵有兵样!胡小山,你他妈的怎么双腿打颤,胆小鬼!窝囊废!……"

没有人,当然也就没有回声,但胡四觉得很满足。在此时此刻,他就是将军,部下只能俯首听命,谁敢出声?

他轮番着到休息室烤火、喝茶，到室外去巡城，胡四兴奋得没有丝毫睡意。快天亮时，他把身上的装束送回"军备库"，换上自己的兵装，牢牢地锁了库门。

按规定，凡值夜班的，待上白班的人来后，他可以回家去吃个早饭，休息两小时，再来这里出勤。胡四不想回去，这里的熟红薯、熟芋头和水酒，可以当早饭；也不需要休息，他力气多得用不完哩。

第二天的夜里，儿子胡长生把田里事、家里事料理好，已经是十点钟了。他挂念爹，一口气赶到龙虎关来。登石级，上城墙，借着望楼射出的光亮，他看见胡四前胸紧贴着正中央的城墙，戴着头盔的头垂放在城垛上，右手握着一把宝剑，剑尖朝下抵在地上。

胡长生大喊一声"爹"，奔过去抱住胡四，再缓缓地把他放下来坐到地上。胡四的脸色苍白，眼睛微闭。

"爹，是我！我是长生，是你的儿！"

胡四突然睁开了眼睛，见是儿子来了，嘴角流出了笑,断断续续地说:"儿呵,我们的老祖宗当过将军,我也当了将军,这叫英雄有后。刚才……敌人攻城,我指挥弟兄们打退了他们。我有些累……累……"

胡长生明白爹的心脏病发作了,而且出现了幻觉。他从怀里掏出手机,打给村长胡大尊:"胡村长,快叫人来,我爹不行了!"

快天亮时,胡四在乡镇小医院因抢救无效辞别人世。

胡四死前穿过的将军服饰,胡大尊当然不会再穿,他对胡长生说:"你爹喜欢它,就随你爹一起入土吧。"

胡大尊用公费重新置办了新的头盔、铠甲、护心镜、牛皮履和宝剑,再专设一个厚实的大木箱收放,安了一把高科技保险锁,钥匙牢牢地拴在裤腰带上。

胡大尊常对人说:"将军岂是人人都能当的!"

(《南方文学》2017年1期)

女理发师

我们都叫她"兵姐"。

其实,她并不姓"兵",只因她的夫君是个扛枪的,在云南边防守哨卡子,所以我们都这样叫她。

"兵姐"姓傅,名巧华,今年二十四岁,高高挑挑的个子,辫子很长——眼下年轻的姑娘或者短发,或者长发披肩,但"兵姐"却蓄上了辫子。问她为什么,她恬静地一笑:"我不喜欢和别人一样。"

我们这爿小理发店,八个女同胞,另加一位男经理。他年纪二十八，个子矮矮的，大脸盘，生得最有趣的是鼻子，又长又肥，正如相书上说的是"鼻如悬胆"。他很喜欢"兵姐"。"兵姐"还没有和"兵哥"牵上线之前，没事他老在她身边转，一口一个"巧华"。他姓毕，"毕"与"鼻"谐音，我们背地里叫他"鼻老大"。

"鼻老大"脑瓜子很灵，打从报上登出边防战士和越境武装毒贩英勇作战的消息后，他忽然开了一个会，号召我们给战士寄自己绣的花手帕。他收获了一份荣誉，市报以显著位置刊登了我们"时代理发店"的消息报道；也收获了一份苦恼，巧华姐和前线的一个"兵哥"接上了关系，书来信往谈得很热乎。

那一天夜晚，顾客都走了，我们开始审问巧华姐。

"那个'兵哥'叫什么名字？"

"姓马，名豪风。"

"多少岁啦？"

"二十九岁。"

"他老家是哪里？"

"本市的乡下。还要问吗？"

从此我们便叫她"兵姐"。

终于有一天，"兵哥"来完婚了。

他们还买不起房子，"兵姐"和我们住的是一间大单人宿舍。我忽然想起理发店楼上有一间放杂物的空房子，就去找"鼻老大"说。

他要理不理："不行，工作间怎能住人？"

"那是一间空房子，不是工作间。"

"反正不行。"

我一拍桌子。吼起来："好你个'鼻老大'，你要报私仇，巧华不喜欢你，你就来这一手！"

"鼻老大"立马蔫蔫的，有气无力地说："算了算了，我同意还不行？"

"兵姐"结婚的那一夜，理发店休业了，里里外外张灯结彩，闹了大半宿，我们才嘻嘻哈哈地回家去。

"鼻老大"没有来。

三天后,"兵姐"就拿起了推剪。

"兵哥"不怎么爱说话,就待在店子里。

他很想和"鼻老大"聊天,也喜欢看"鼻老大"如何上药水,如何卷头发,如何电烫,看得如醉如痴。

"鼻老大"有时不耐烦地说:"喂,莫碍事,离远一点。"

"兵哥"憨厚地笑笑:"对不起。"退后一步,继续看"鼻老大"做发型。

日子过得真快,二十天了。

店子里来了一封加急电报,是打给"兵哥"的,叫他立即归队,有紧急任务。

整个店子一下子肃敛清静。

"兵姐"正替一个老人刮光头,手开始抖动。我赶忙走过去,接过她的刀子,说:"你去楼上歇歇,我来。"

"兵姐"和"兵哥"上楼去了。当我替老人把头剃好、洗好，收了款，"兵姐"和"兵哥"又下来了。

"兵哥"坐到理发椅上。

"兵姐"要给他理发。

电推剪插上了插头，"哒哒哒"地叫起来。这时店子里很空，几乎没有什么顾客。黄昏了，夕阳从窗口透进来，嫣红如血。

一片片的黑发跌落下来。推一剪，"兵姐"用手往剩下的头发上抓一抓、捏一捏。

"豪风，我给你理短些，好吗？你不是说，有一次，你们和坏人遭遇了，绞在一起格斗，有个小战士头发蓄得长，被敌人揪下一大把来。"

"兵哥"默默地点头。

我们眼里忽地盈满了泪水，"兵姐"真是个好女人、一个好妻子。

"兵姐"终于给"兵哥"理完了发。

洗脸架上，"鼻老大"手忙脚乱地搁上一大盆热水，泡上了一条新毛巾，摆好了香皂。

"兵姐"对"鼻老大"感激地一笑。

洗完了头，"兵姐"从口袋里掏出五块钱，交到"鼻老大"手上。

"巧华，我不能收，不能收。"

"毕经理，收下吧，公事公办。"

"鼻老大"只好收下。

第二天，"兵哥"走了。

"兵姐"的脸渐渐地苍白起来，不想吃东西，吃了就呕。

又过了三个月。

部队来了一个电报，请"兵姐"到部队去有事相商。

"兵姐"接电报的当晚，就收拾好简单的行李，去了火车站。

半个月后，"兵姐"回来了。

那正是我们快下班的时候，夜色很深了，小店里的灯惨白惨白的。

"兵姐"一步一步走进小店,然后瘫坐在理发椅上,一个人放声哭起来。我们没有去劝她。

"鼻老大"擅自打了个报告给服务公司,请求将"时代理发店"改名为"豪风理发店"。

新招牌挂起几个月后,"兵姐"的孩子生下来了,是一个胖小子。"刚出娘肚子,他就叫得欢,好像吹军号一样。""兵姐"幸福地对我们说。

"叫什么名字?"

"你们给起个吧,这么多有文化的阿姨。"

"鼻老大"想了一个,叫"志戎"。

"兵姐"一笑:"志在戎伍保国土,好听得很,谢谢你,毕经理。"

"不谢,小宝宝,叫我,叫毕叔叔。"

小宝宝只是一笑,他还不会说话哩。

店子的一角多了一张小摇床,志戎就躺在里面,这么多阿姨,外加一个叔叔,谁有空谁过去摇他或抱他。

志戎一岁了。

"兵姐"有一天悄悄对我说:"有人替我介绍了一个对象。"

"做什么的?"

"在前线扛枪,他的妻子两年前得病死了。他的样子很像豪风。"

"又找一个当兵的?"

"我不是叫'兵姐'吗?"

"毕经理对你还有意哩。"

"兵姐"不说话,只是久久地望着我,望得我一张脸发红发热。

志戎忽然啼哭起来。

我忙跑过去,轻轻地摇起摇床来,一边摇,一边轻轻地哼:

"小船儿,轻轻摇,

一摇摇到外婆桥,

外婆来接我,

我要吃年糕……"

真的,新年快到了哩。

(《小说月刊》2017 年 3 期)

水晶鱼

二十八岁的水藻,终于在这个秋天,欢欢喜喜地成了家。在她任教的中学里,女同事们都夸水藻有魄力,说红蓼花开时节一定要当新娘,果然就当上了!

她的丈夫叫山栗,在本市一所职工夜大当教机械制图的老师,和她同年。他们从网上蓦然相识,到见面紧锣密鼓地恋爱,然后终成连理,整个时间长度不过半年。没有功夫也没有兴趣,去调查各自的前尘影事,去探访各自细微的心路履痕,只是觉得彼此顺眼、合意，这就够了。闪恋、闪婚，是当下年轻人行事的做派。双方都是独生子女，父母都有好职业，经济富裕，舍得为子女的婚事出钱出力。新房是山栗家准备的，三房一厅一厨房一卫生间，卧室之外各人都有一间书房。小车是水蓼家陪嫁的"宝马"。

水蓼是语文老师，闲时也用真名上上网，不少网友都认为她用的是化名。只有山栗凭直觉认为她是真姓真名，正如他的姓名常被人误解一样，而且知道水蓼是红蓼花的别名，便断言她是秋天出生的，因古诗说"秋来湖畔水蓼艳"。水蓼的心怦然一动，这不是知音是什么？

水蓼总觉得她和山栗的终成眷属，与古城一条名叫清凉街的僻静小街，与街拐角处的一家叫"释恋角"的咖啡馆有关。当她和前男友从从容容恋爱长达四年后，突然他提出了分手的急切要求，然后挥一挥手，不带走一片云彩，走了。她内心痛苦却外表平静，没有流泪也没有挽留，淡淡地说："我们都倦了，该歇息一下了。"她明白他的离开，主要是她的过错，过于浪漫的想法让她从不谈共筑爱巢的俗事，她不想过早面对油盐柴米。她失恋了，成了"剩女"。尽管这个群体自称是"盛女"或"圣女"，那不过是自我安慰而已。前男友曾在她生日时，送她一个摆件——摆放在桌案上的清供玉雕品，一个小巧的敞口瓶里伸出几枝红蓼花，瓶是碧绿色的，蓼花则是深红、浅红的，充分利用了整块玉石上的绿色、红色，她极为珍爱。先前一见它就心里热乎乎的，现在一见它就忍不住黯然神伤。

水蓣的闺蜜忽然告诉她一个信息，本地清凉街有一个小咖啡馆叫"释恋角"，只接待女性，可以喝咖啡聊天，还可以把让人伤感的纪念品寄售和交换。

"水蓣，是'解释'的'释'，这是个阐释恋爱忧乐的好地方。"

"不，那是店主的用心良苦，'释'与'失'同音，就是失恋女性去的地方。我会去的,冲着这个店名的雅致。"

水湅决定把这个玉瓶红蓼摆件转让出去,否则心里老有前男友的影子,还怎么开始新的恋爱旅程?她长得不丑,职业也不错,父母又都是大学的教授,她能嫁不出去吗?

周末的夜晚,八点正。水湅走进了"释恋角"咖啡馆,坐在一个卡座里,咖啡馆并不小,有十几个卡座,室内灯光是彩色的,但暗淡,人的五官变得朦朦胧胧。小提琴协奏曲《梁祝》,从音箱里低低地飘飞出来,很凄美。卡座的短案上,点着一支小红烛,小小的焰头,散发出小小的光圈,流出点点蜡泪,让人感动。水湅要了一杯热热的咖啡,然后把手提袋里的玉瓶红蓼摆件放在桌上。

一个长发披肩的姑娘,像风一样飘闪进来,坐在水湅的对面,娇媚地对她笑了笑,然后拿出一尾水晶鱼摆件：波涛上跃起一尾鲤鱼，鱼头朝天，很有力度。

水漠忍不住说："真好。'鱼为奔波始化龙'！"

"前男友送的。他总唠叨要我少逛商场少打牌，要上进。他是一个除了书，什么情趣也没有的呆瓜！这玩意留在身边干嘛？没有它，我连念想都没有了。你喜欢吗？"

"喜欢。"水漠猜测，这姑娘肯定是把男友甩了，而且甩得很潇洒。

"我也看中了你的玉瓶红蓼摆件。愿意交换吗？"

"当然！"

"哟，我们都可以如释重负了。"

"对。"

……

水漠因为去了"释恋角"而获得水晶鱼后，心情真的好了起来。好起来的心情，促使她结识了山栗，让她迅速地成家。她不能再唱"慢版"的调式了，得争分抢秒。

有了家的水溁,很喜欢这个家的格局。星期一到星期五,山栗是白天在家,晚上去夜大上课;她则是白天上课,晚上在家。双休日,各人在各人的书房里,读书、备课,只有吃饭时在一起,边吃边闲聊,话题总不离教书心得,何况山栗虽是学工的,但文史类的书却读了不少,一点也不逊于她。当然,做饭的主力是水溁,山栗总想帮忙打下手干点零碎活,水溁马上说:"这不是男人干的,别耽误你的时间,去看书吧。"山栗很动情,说:"我成不劳而获者了,谢谢。"

　　水溁书房的桌子上,摆着台历、书、备课本、笔,还有水晶鱼的摆件。水晶鱼总是擦得纤尘不染,紧紧靠着台历,她认为这是一种暗示:时间是东流水一去不返,要像鱼一样奋争不止。

　　有一个夜晚,山栗上课去了,她坐在书房里读一本教材。偶一抬眼,她发现桌上的水晶鱼被人动过了,它原本与台历是紧紧相挨的,现在却隔开了半公分。

是不是她没放好？不可能。如果有人动了，只可能是山栗，因为白天她不在家，家中又没有别的人。也许，山栗也很欣赏水晶鱼的造型和寓意吧。她细想了一下，扯下一根头发，小心地挂在弯起的鱼尾上。

第二天晚上，她有意地打量水晶鱼时，发现那根头发不见了，而且与台历没有紧挨在一起，只可能是山栗拿起来观赏时，不经意间飘落的。

于是，水渼故意用毛笔在鱼身上，涂上一点墨迹。

尔后，墨迹又被擦拭得干干净净。

她好几次想问山栗，是不是也喜欢水晶鱼，她可以慨然相赠，摆到他书房的桌子上去。但她忍住了，问又如何，不问又如何。她也悄悄去过山栗的书房，看桌上有什么可堪一赏的摆件，没有，只有成叠的书，只有一个个的笔记本。她突然想起在"释恋角"的情景，她以玉瓶红蓼摆件换来水晶鱼，那个姑娘说出不能留下念想的话，此刻让她心惊。水晶鱼是不是山栗送给前女友的？前女友为避见物思人又转让出去了？山栗是个书虫，有些迂，如果水晶鱼不与他有什么关联，他不可能这么一看再看，倍加珍重。如果她的联想没错，那么山栗一看见水晶鱼，就会想起前女友，这不是个好信号！

有一个晚上，趁山栗不在家，水溟把水晶鱼悄悄地扔了。然后，去一家工艺品店买了两个玉石雕琢的笔筒，分放在两人书房的桌子上。

山栗回来很晚，水溟已经睡了，做着一个甜甜的梦。

山栗忍不住唤醒了她，说："这个笔筒很美，上面刻的画是《兰亭雅集图》，我真的很喜欢。"

"一式两份，我的也是。这是另一种意义上的举案齐眉。"

"谢谢夫人雅意。"

"快睡吧，我有点冷哩。"

归隐录

一个人辛辛苦苦工作几十载,鬓微霜,眼渐昏,到了花甲终于可以退休归隐,去含饴弄孙了,但那份对单位对专业对同事的眷恋之情,却又会变得更加稠酽。正如宋词中的名句所状:"去也终须去,住也如何住。"

湘楚市博物馆的古籍修复师沈君默,满六十岁这一天,一上班就拿着申请退休报告,急步走向馆长刘政和的办公室,似乎在这里一刻也不想驻停了,真是咄咄怪事。

沈君默个子不高，微胖，慈眉善目，满脸是笑，远看近看都像一尊佛。他不留胡须，下巴总是泛着青光，也不留头发，一年四季都是光头。他说搞古籍修复，图的是一个干净，以免工作时为掉落的一根两根须发分神。这辈子他修复过多少珍本、善本？数不清。无论古籍损坏到什么程度，他都能令其起死回生。

沈君默的爷爷、父亲都是干这个行当的，他是从十八岁一直干到六十岁，整整四十二年。儿子沈小默从大学的历史系本科毕业后，特招进馆跟着他参师学艺，一眨眼也三十出头了。

沈君默有孙了，刚刚四岁。有人问："你孙子长大了干什么？"

"还能干什么？干祖传的手艺。"

修复一本破损的古籍，就有十几道工序：拆解、编号、整理、补书、拆页、剪页、喷水、压平、捶书、装钉……不光是补虫眼、溜口（补书口），这很容易。

难的是把经水浸后整本书页粘在一起的古籍，如"旋风装""蝴蝶装"等，经过特殊工艺处理，逐页分离修复，而且要修旧如旧，非高手不可为。

沈君默来到长廊尽头的馆长室门前，正要举手叩门，门却忽地敞开，走出笑吟吟的刘政和。"沈先生，我在等着你哩，请进！托朋友从杭州买来的龙井'明前茶'，已经给你沏上了。"

"谢谢。"

刘政和原供职于历史研究所，调到博物馆来不到三个月。为人谦和，腹笥丰盈，而且不徇私情，全馆上下对他印象颇佳。前任馆长章扬升迁为文化局副局长，在刘政和上任几天后，忽然来馆里检查工作，顺带提出要借走库存的古籍《归隐录》回家去研究。刘政和立马回绝，说："章局长，这是不行的，你可以到这里来读，但古本书是严禁外借的。你是这里出去的，应该知道这个规矩，请海涵。"章扬哈哈一笑，说："我是想试试你，果然坚持原则。"

沈君默和刘政和，在一个古拙的茶几边坐下来，玻璃杯里的龙井茶飘出清雅的香气。

"沈先生，请尝尝。"

"好。嗯，不错，是正宗的龙井村那块地方的货色。"

"沈先生，我知道你口袋里肯定揣着退休的申请报告。可你不能走啊，我想延聘你一段日子。"

"唉，人老了，眼花了，干不动了。再说，馆里有我的学生、我的儿子，在修复古籍上可以独立操作了。"

"恕我直言，他们比你还差点儿火候。馆里有一大册本地前代名人写的《归隐录》，年代久远，水浸、虫蛀，不但粘连在一起，还破损厉害，你不想修复？"

沈君默摇摇头，叹了口气，说："不……想，想也是白想。"

刘政和解开中山装的领扣，喉结上下蠕动，目光变得锐亮。大声说："我调查过，你曾向章扬提出申请要修复这本古籍,他说这书没什么价值,不批准。还说,库里要修复的古籍多着哩,你为什么要单挑这本?你怎么回答?"

"我不能说。"

"我现在来替你说。我在历史研究所厮混多年,读过不少书,尤其是有关乡邦历史的书。《归隐录》的作者,叫章道遵,字守真,清道光朝的吏部官员。官方史书上称他为能臣、廉吏,风头很健,五十四岁时,皇帝忽然下诏,允其多病之身告老还乡。他回乡后,意气消沉,关门谢客,写了这本《归隐录》,没有付梓刻印,只是聘人手抄了十本,故传世稀少。他是六十岁时辞世的。"

"对。"

"但在当时的野史中,也有人说到他任吏部要职时,暗中收贿,在老家置办田产、房产。但没有佐证的史料,他的形象依旧光彩照人。因章道遵是个真正的读书人,敬儒知耻,我揣测是不是《归隐录》中,有关于这方面的文字。"

"当然有！"沈君默蓦地站起来，大声说。

"你读过这本书？"

"我家有《归隐录》的半本残页，是我爷爷'解放'前收藏的，中间有数则写他忏悔平生有过的不洁言行，以及皇上对他的宽宥，让他体面地回乡养老。"

刘政和喝一大口茶，拍了拍脑门，说："我明白了，为什么章扬不让你修复此书，为什么我任职之初他要借此书回家研究。他虽未读过此书，但害怕书中有什么不利先祖的文字。因为，章道遵是章扬的先祖，章扬曾写过文章力赞先祖的德行。"

"刘馆长，章扬的为尊者讳，可笑。他的先祖却敢自揭其短，倒是令人钦佩。"

刘政和嘴角叨起一丝冷笑，缓缓地说："恕我直言，你也把我小看了。我想延聘你修复《归隐录》，你愿意吗？"

沈君默低头不语。

"你在想,博物馆隶属于文化局,章扬是分管我的领导,我定然不敢同意,是不是?"

"是。"

"还原历史的真相,是我们的责任。文天祥《正气歌》说:'在齐太史简,在晋董狐笔。'这个节操,我还是有的,有什么可怕的。你有什么条件,请讲。"

"我没什么条件。我到退休年纪了,请批准;延聘多长时间,由你定。我照常上班,每月拿退休工资,不拿任何补贴。"

"我都依你。来,让我们以茶当酒,碰个杯,祝诸事顺吉!"

"好!我自个儿的归隐录,今天就是开篇第一章。"

……

半年过去了,《归隐录》已精心修复,又影印一百部准备分赠本市的档案局、历史研究所、图书馆及本省、外省的有关部门。为此,博物馆举行了隆重的新闻发布会，所请贵宾手中的请柬，都是刘政和用漂亮的小楷所书。

贵宾中只有章扬没有到场。

（《小说月刊》2017 年 5 期）

光 头

年纪轻轻的袁大雄，突然有了一个绰号：袁光头。这让他感到委屈，也平添了许多自卑。头发不是让理发师剃去的，是自动掉落的，又并非全掉，而是从顶上掉起，先是稀疏，然后闪出一块光亮，这能叫光头吗？只不过是过早地谢顶。

男人的头发，不管怎么折腾，也离不开四种基本的发型：光头、板寸头、西式头、长发。过去剃光头的，多是底层的干体力活的男人，理发的周期长，省钱，也便于清洗。但现在的光头男人，或是演艺界的大腕，或是家财万贯的大老板，要的是一个"酷"字。男人中蓄长发的，多是从事各种艺术门类的角色，音乐家、画家、书法家、摄影家……长发飘飘，那是一种刚柔相济的"范"与"派"。

袁大雄是一家技术学院的大专生，学的专业是汽车驾驶与修理，毕业后无非是去打一份工，不是去开汽车就是去修汽车。他的父亲袁立伟，在部队当的是汽车兵，转业后到运输公司开大货车，养家糊口不是难事。袁大雄高中毕业时，想去读本科的哲学系，父亲说："学那劳什子干什么，中国用得着这么多哲学家吗？老辈子说得好，家有万金不如薄技在身，你一出校门就有工作等着你！"

袁大雄对父亲的安排很放心，也体贴父亲为这个家所付出的艰辛，风里雨里跑长途车，头发都变得稀疏了。他得学成后赶快挣钱，减轻父母的负担。

袁大雄原先头发很茂密,进校后不久,有一次洗头发,发现脸盆里落下黑黑的一层。开始他并不在意,可这种情况愈演愈烈,头顶上有了星星点点的亮斑。男同学说:"这叫'鬼剃头',得赶快治。"女同学虽不说,眼光却有些不对劲了,而且赶快转身避开他。这让他很伤心,他长得很健壮,不,是健美,这头发让他成了"另类"人物!

袁大雄问父亲:"是不是你的秃顶遗传给我了?"

父亲一愣,说:"我四十岁后才开始慢慢谢顶,你才十八岁,怎么就有了这个毛病?"

"我不能没有头发,遭人白眼哩。"

"民间有个土方子,用生姜擦拭掉头发的地方,坚持下去,应该会长出新发来。"

"爸,你怎么不用这法子?"

"我都一把年纪了,有发没发无所谓。"

袁大雄半晌无言,他不相信这个土方子有如此神奇的作用。

父亲看出了他的心思，痛快地掏出一千元钱递给儿子，说："你去医院找大夫看看，或许有更好的法子。"

袁大雄感动得眼含泪水。

在以后的日子里，袁大雄去过大医院、小诊所，西医、中医都看过，他只问诊，却不急着取药，这些钱他不能乱花。有一个老中医告诉他：擦拭生姜以利生发是个古方，还可以在擦拭后再涂抹中药配方的"生发水"，但你要有心理准备，不一定见效！

于是，袁大雄在上课前、下课后，坐在宿舍的小桌前，拿着生姜在头皮上用力擦拭，直到头皮发红发热，再用小毛刷蘸上"生发水"涂抹。生姜和药水的气味很呛人，盈满室内也飘向门外。楼道里便有人大声说："袁大雄治头发了呵，快来看！"接着，便有几个同学蹿进来看热闹。

有一次，袁大雄在众目睽睽下涂抹"生发水"，手发抖,把瓶子撞翻了,药水淌得满桌都是。

有人说:"桌子肯定会长出毛来!"

大家哄堂大笑。

袁大雄倒不生气,装作平和的样子说:"你们很快乐,我也应该快乐才是,要不还叫同学吗?"

大家立刻静下来,然后悄悄地退了出去。

生姜擦拭,药水涂抹,脱发依旧,光亮的面积仍在扩大。

袁大雄怕人笑话,戴上了一顶鸭舌帽。

他知道同学们背地里称他为"袁光头"。

一晃三年过去了。快毕业了。

袁大雄在休息日回家时,发现父亲剃成了一个光头,稀稀拉拉的头发没有了,反而显得更精神。

父亲说:"我老为谢顶忧心忡忡,盛年而有老态,怕公司领导不让跑省外线路,那要少很多收入。住在我们这条巷子里的龙教授,是大学中文系教古典文学的，你一直叫他龙伯伯。早些日子，我们在巷口碰见了，说些闲话后，我谈到了这件事。他哈哈一笑，说我这是'心为形役'，既然是这几根头发添了烦恼，不如去掉！我的心一下子就亮了，干脆剃个光头，刮净胡须。上班时，领导一见，说我这是'洗心革面，重焕青春。'儿啊，你就要毕业了，个人照、集体照，也戴着帽子？那还是你吗？"

袁大雄说："我也把头上的烦恼丝，剃了！"

……

当袁大雄在理发店理完发，看到宽大的镜子里，出现了一颗闪亮的光头，浓眉、大眼、高鼻梁，又年轻又帅气，他都不认识自己了，这是一个新的而且真实的"我"。头上的几根毛，虽无什么分量，过去压在心上却很重，现在他感到全身轻松了。

贴在毕业证上的个人照片，和同学们一起照毕业合影，袁大雄自信地亮着一个光头，不自卑也不矜傲，腰板直，眼光平视，脸上浮满了笑意。有人说他像商界大款，有人称他如艺苑大腕，他说："光头不是他们的专利，脑袋是自己的，想怎么着就怎么着。"

同班的一个女同学悄悄问袁大雄："毕业了，你去哪里工作？"

"我去一家私营汽车修理厂当工人，是我爸爸为我联系的。"

"能不能请你爸爸帮个忙，我也去这个单位？"

"行！"

（《青岛文学》2017年7期）

（《小小说选刊》2017年20期）

闺 语

弘芝觉得她很庸常，日子过得也很庸常。究其缘由，她认为丈夫都管一点也不浪漫，是一个庸常到骨的角色。

她艳羡她的闺蜜郦兰，艳羡郦兰有个深谙爱情和婚姻真谛的丈夫禄天，总会让庸常的生活溅出浪漫的灿烂火花。

弘芝和郦兰是发小，是小学、初中、高中的同学。高中毕业后，郦兰因成绩一般，读的是中专财贸学校。

弘芝则考上了一所大学的中文系,毕业后就当了一名中学语文教师。婚前她们是闺蜜,婚后也是,没什么话不可以谈,隔几天不见就会心里发慌。

郦兰婚前是一家国营商店的会计,结婚后因禄天是私营企业的大老板,不缺钱,她便辞职当了全职太太。

弘芝的丈夫是中医院的医生,说话轻言细语,满脸带着笑,似乎永远不会发脾气、使性子。

弘芝和郦兰是差不多时候找的男朋友,结婚本可以同时进行,但郦兰说:"弘芝,你比我年纪大一个月,你是姐,理应我先喝你的喜酒。"

于是,弘芝和都管先举行婚礼,一切程序随俗,波澜不惊。

郦兰结婚就响动大多了,举行婚宴的前一天,丈夫禄天用十万元买下市报的一个广告版,配上他们恋爱时的各种照片,还有用大字标出的禄天的誓词:"我爱你,郦兰,直到不知有多远的永远。"因为是仲秋,办婚礼、婚宴的厅堂内外,摆着插满金桂花的花篮、花瓶……

弘芝认为,这不仅是有闲钱的问题,很浪漫。他们也不缺这点钱,也不是舍不得,但都管没这个情调。郦兰之所以坚持要让弘芝先结婚,是怕弘芝也依样画葫芦?应该是。

一眨眼,弘芝和郦兰结婚三年了,奇怪的是都没有怀上孩子。她们才三十出头,不着急。

郦兰常约弘芝聚首聊天,但不在自家,或是一家精美的小吃店,或是一家咖啡馆。闺蜜聊天的话题叫闺语,她们的闺语离不开家庭生活和丈夫。

郦兰说,她生日时,禄天总会送上与她岁数相同一篮红玫瑰花,还要像英国绅士一样,单腿跪下,把花篮献给她。

弘芝说,都管知道她是平板脚,喜欢穿又漂亮又合脚的软底皮鞋和布鞋,他因公出国或到外地出差,只要有时间就去逛商店给她选购鞋子。

郦兰说,家里请了一个会做中餐的老阿姨,不用她操劳这些事,禄天很忙,很少在家用餐,一旦回来吃饭,必在香炉里点上古雅的线香,用高级录放机播放古琴曲,如《平沙落雁》《高山流水》。

弘芝说,都管连他们的结婚纪念日也不记得,倒记得她每月的例假周期,会提早给她煲好鲫鱼汤,说这是补身体的。

郦兰说,禄天总喜欢把耳朵贴在她肚子上听动静,还说小天使快来了吧。

弘芝说,我白天教书,晚上还要批改作业、备课,累。对这个事,我有些体力不支,都管从不勉强。他还说我如果不想生孩子,他也同意。

每次分别时,弘芝总会自卑地说:"郦兰,你说闺语只涉及家庭和丈夫,我不能不说。可你说的都是令人向往的浪漫,而我说的都是庸常生活的俗态,自惭形秽。"

郦兰说:"这才叫坦诚相见哩。"

有一个星期天的下午,郦兰又把弘芝约到一家英式小茶楼,喝红茶。郦兰的额头上贴着一块纱布,脸色白里透青,眼睛也是肿的。

在一个雅座里,侍者送上茶和小点心,然后走了,并轻轻带上门。

郦兰突然小声哭起来,然后,断断续续说起丈夫,他与手下的几个女职员都有不干不净的事,是她的一个亲戚也在这个企业做事,悄悄告诉她的。在家里,她向禄天盘问这件事,禄天恼了,大言不惭地说:是有这么回事,你能把我怎么样?接着还抓起床头柜上的法国香水瓶,砸到她的额头上!

弘芝惊讶、愤懑,竟说不出话来。

"弘芝呀,我先前心里说你的丈夫太庸常太世俗,现在我真的羡慕你呀。别小看鸡毛蒜皮、琐琐碎碎的小体贴,那才是为你量身打造的大浪漫,你可要珍惜!"

"你准备怎么办?"

"这日子还能过下去吗?离婚!"

……

暮色苍茫。弘芝回到家里,都管正好把热饭热菜端上了桌,笑着说:"野菌汤、炸鱼块、红烧藕片,都是你喜欢吃的。"

弘芝说:"这个禄天,是个王八蛋!"

不等都管问是怎么回事,她便把郦兰的遭遇一五一十说出来。然后问:"你怎么看?"

都管一边擦手一边说:"女人常常脑子出毛病,以为男人玩这些浪漫,用的是感情,其实用的是心机和技法。老子说'大象无形',落到爱情和婚姻上就是静水无痕。"

弘芝蓦地站起来,生气地说:"你……你……是在含沙射影!"然后,急步走出客厅,走到门边,猛地拉开了门，脚步却停住了，脸朝门外，右手向后伸得长长的。

都管一愣，随即快步跑上前，紧紧地抓住弘芝伸出的手，把她拉到自己的怀里，再顺手把门关上。

"我知道你想试试我会不会来拉你，这很浪漫呵。"

弘芝把头埋进都管的怀里，娇羞地说："你坏……你坏……"

（《青岛文学》2017年7期）

忘 川

国学研究所的研究员贺望川,是个奇人,奇在记性惊人忘性也惊人,所以他有个字号:忘川。

从外表看,他压根儿不像个做学问且有大名声的角色。五十多岁,蓄光头,不留髭须,人又瘦,病病歪歪的样子,与寒岩槁木的老衲无异。他一生就没穿过西装,只喜穿立领、缀布扣子的对襟衫、褂、袄。这种款式的服饰,百货商场难得有卖,多是去小街的老裁缝店订制。

他家的小庭院里，花树间有一块长方形的立石，如床榻。夏天，院门紧闭，他爱躺在石头上面，敞开肚腹晒太阳，闭目养神。妻子说："你这是干什么？"他瓮声瓮气地说："晒书。"

他的肚腹里确实"藏"了不少书，读书博而专，主攻春秋战国诸子百家的典籍研究，旁及历代先贤对典籍的校勘、注释、解说。《论语》《孟子》《庄子》《老子》《荀子》《韩非子》……他可以闭目诵读。你问某书某段话该如何正确评断，他会滔滔不绝地先说出自秦汉到清代名流的观点，末了才说："敝人的见解是——"

这是什么记性？简直就是一部活电脑。

可他的忘性也令人匪夷莫思。出门忘记带钥匙；别人问他的手机号码，他怎么也想不起来，不得不问妻子和同事；有时夜里回家，他找不到这条小巷，只好老是问人该怎么走。妻子取笑他："你这是什么记性？别哪一天把自己弄丢了。"

他说：“我只记我该记的事，其余的就拜托你了。”

一星期前，贺望川请一位老朋友到离家不远的一家"百鱼斋"吃中饭。这里的菜品皆与鱼有关，他点了爆炒鱼皮、酸辣鱼杂、红烧鲤鱼块、松鼠鳜鱼、油焖火焙鱼、鱼汤炖小白菜。各道菜都可口，两人尽兴喝了一斤"茅台"酒。该结账了，共一千八百元。贺望川一摸口袋，忘记带钱夹了。友人也和他一样，出来得匆忙，除了记得带香烟、打火机，别的都没带。

贺望川对服务员说："对不起。我让我的朋友留下做人质。这个人质可得好好侍候，他是湘楚大学的大教授。我家离此不远，我快去快回。"

回到家里，取了钱，贺望川正要出门，忽听有人喊："贺教授在家吗？有快递。"

妻子说："你盼望的小谢来了。"

"肯定是北京寄来的快递，我的学生们出版了几本新书，说三天会到，果然到了。"

一个二十五六岁的小伙子,笑容可掬地走进了客厅。

"谢定山小友,星期天你也没休息?"

"因为有你的快递,我知道你想先睹为快,就赶快送来了。"

"快坐下。先喝茶。"

小谢是顺风快递公司的送货员,专送文化街这条线路。贺望川购书量大,又有各地的友人、学生寄赠书籍、资料,所以每隔几日,小谢就要上门来送货。一送就送了两年,彼此变得相当亲稔。

贺望川用剪刀剪开塑料包装袋,取出几本书来,爱不释手地翻了一遍。说:"我的学生都成气候了,'新松恨不高千尺',太好了。小谢,每次都辛苦你,令我铭感啊。"

"贺教授,你客气了,我干的就是这个活。说真的,能为你们这些大学者送快递,是我的荣幸。可惜家里条件差,我只读了高中,就从偏远的山区到城里来打工,可我从心里敬重你们,我爹我爷爷也是。我一回家,他们就问学者是什么样子,说了些什么话,我都一一告诉他们。"

贺望川忍不住大笑起来:"你就说,这些读书人不多一只眼睛不多一个鼻子,和大家没什么不同。"

"可他们不信,尤其是爷爷,我要他进城来看看,可他早已瘫在床上了,没法来。"

"什么时候你领我去,让他看看我——一个似僧似俗的人。"

"那会让爷爷乐翻天的。我就代爷爷先谢谢你了。"

小谢作古正经站起来,向贺望川深深地鞠了一躬。

他们正说着话,留在饭店里的友人领着服务员,风风火火地走了进来。

"你真是个'忘川'无疑!把我丢在饭店,也不拿钱去赎。我家住得远,要不我会领着服务员去取钱,免得又登你的门。"

贺望川这才猛醒过来,赶忙向友人谢罪,然后付款给服务员,再另加一百元小费。

……

一眨眼,就过去了一个月。

盛夏,炎天暑地。

来贺家送快递的,忽然换了另外一个姓马的小伙子。

贺望川很奇怪,问:"小谢呢?"

小马说:"他爷爷病重,恐怕熬不了几天了,小谢请假回老家去了,由我暂时代替他。"

"他老家在哪儿?"

"是本市管辖的株洲县朱亭镇大龙山村,坐汽车去要大半天。"

"你有小谢的手机号码吗?"

"有。13807331999。"

贺望川赶快用笔把地址和手机号码记下来。

小马问:"贺教授记这些做什么?"

"我答应过小谢,要去看望他爷爷,这个事我忘不了。君子不能言而无信,我明天就去,让儿子开车送我去。"他转过脸问妻子:"你愿意去吗?"

妻子说:"有道是夫唱妇随,我也去!"

(《光明日报》2017 年 7 月 21 日)

西窗烛

丁点点总是在子夜十二点,走进这家名叫"西窗烛"的小书店。

正是仲春时节,外面下着霏霏细雨,寒气如锥。他推开虚掩的店门,空调的暖风扑面而来。门边一侧的墙上贴着一张小告示:请您先净手再读书。丁点点走到专设的木架前,在一盆温水里认真地洗了手。然后走到"免费阅读区"的一个角落里,在一张藤椅上小心地坐下来。值班的营业员是个小姑娘,叫小青。

正要走过来打招呼，丁点点摆了摆手，小姑娘马上回到她的位子上去。

　　这家书店是丁点点开的，除此之外，他还有一个专门生产、销售旅游产品的公司。公司有他得力的助手管理，而且赚钱，不用他操心，他只是白天去巡查一下，便回到除了他还有一条影子的家。书店也有专人打理，但他每夜都来，一直要守候到天亮。他常对部下说：书店白天是生意，晚上是态度和温馨。书店不论盈亏，旅游产品公司可作它坚强的后盾。

　　三十七岁的丁点点，老家在外省一个小县的乡下。他个子高挑，白净脸，亮眼，高鼻，很有范儿，事业也不错，可他至今没成家。他觉得一个人可以无牵无挂，自由自在，何况他有家了，家在"西窗烛"。

　　这店名取自唐诗中的"何当共剪西窗烛"，意思是夜晚来这里免费读书的人，在氤氲的书香书味中，彼此都是朋友。"西窗烛"店堂不大也不小，专门辟出三分之一的地方,设立"免费阅读区",错落地摆放着沙发、藤椅、长条桌、小书桌。来这里读书、过夜的人,一概欢迎。背包客、流浪者、失眠人,男女老少,谁也不知谁来自何方。但也有规定,要求服饰干净,不可大声喧哗;看书累了可以睡,天明了便离开书店。这里免费供应茶水,也备有留言簿以供书写感想。

丁点点为什么要开这个书店呢?大学毕业那年秋天,先想在老家找个工作,没有中意的。到了冬天,他背着一个旅行大包,来到这座人生地不熟的城市,一次次去应聘,不是他不愿意,就是别人看不上。身上的钱带得不多,不能住旅馆了,入夜只好在街上游走。十点钟的时候,又冷又疲倦的他,发现小街上还有一家没关门的小书店,便走了进去。店主是位老人,一头白发,满脸慈祥。看了看他,说:"小伙子,看样子你冷坏了,快进来暖一暖。我给你泡杯热茶。"他突然喉头哽咽,流下感激的泪水。小书店原本是十点关门的,老人不催他走，陪着他坐在火炉边聊天、打盹，直到东方破晓……

第二天，丁点点又去了招聘会，什么条件也不讲了，到一家旅游产品小作坊去当推销员。几年后辞职，贷了一笔款，办起了自己的旅游产品公司。但那个让他栖息了一晚的小书店，和那位不肯透露姓名的老人，让他刻骨铭心。他后来去找过那家小书店，谁知歇业了，老人回乡下老家去了，具体是什么地址，没人说得明白。

丁点点手里拿着一本明人张潮所著的《幽梦影》，随意地翻着。这本书他看过多少遍了，很多章节都能背下来。他眼角的余光扫视着周围，辨认着哪些是熟客哪些是新面孔，猜想着他们是干什么的。在沙沙沙的翻书声中，也会偶尔有人轻声交谈一两句，也就一两句而已。

在对面靠墙边的一个中长沙发上，坐着一个老奶奶和一个十岁左右的小男孩。他们并不是一家人，是在这里认识的。老奶奶是干什么的？不知道，只知道她是个有文化的人,她每晚看的都是辞书,或是《英汉大字典》或是《说文解字》。他曾经有意无意地告诉值班的小青:她长期患有失眠症,只有倚靠在读书人的旁边才可以小睡一阵,老伴不在了,儿女在外地,她在这里找到了家的感觉。这个小男孩应该是个没家的孩子,或者有家归不得,白天在街上流浪,夜晚就到这里来,读的都是童话和神话故事,也许稍稍上过学,读这样浅显的书,还有许多字不认识。

老奶奶眯着眼打盹,忽然醒了,小声问:"你怎么不翻书了,遇到难字了?"

"是。您看,这个字?"

"是'集','集合'的意思。"她从口袋里掏出一支圆珠笔和一小块纸,快疾地写起来。

"上面的'隹'是鸟的意思,一群鸟站在树木上,就是'集',不过繁写的'集'上面是三个'隹'下面是'木',就更让人明白了。记住了吗?"

"记住了。"

老奶奶笑了笑,又睡了过去。

丁点点发现今夜来人中,有好几个二十岁出头的小伙子,身边搁着很大的旅行包,一定是来这座城市找工作的,和他当年一样。他放下书,站起来走到热水器旁边,打满一壶滚烫的水,去为一个个的空杯子添茶。人们对他含笑点头致谢,他摆摆手,表示"别客气"。

丁点点发现今夜,有张老面孔不见了。

是一个年过花甲的老人,身子瘦削,平头,额上皱纹很深,戴一副老花眼镜;白衬衫、羊毛衫、黑色的西装西裤;手里提着一个干净的鼓鼓囊囊的蛇皮袋子。一进店门,先洗手,再用手帕擦干净,然后取一本英文版的哲学书,坐在藤椅上看得全神贯注。快天亮的时候,他放好书,拿起蛇皮袋子去卫生间。他再次回到店堂时,换上了一套洗得发白的粗布衣服,还是提着那个蛇皮袋子,里面放着西装之类的东西。他向小青点点头,礼貌地挥挥手,潇潇洒洒地走了。

这个老人以前是干什么的,没有谁知道。只知道他现在是个拾荒人,也就是拾破烂的。因为,小青有一次在一条大街边,看见他在垃圾箱边翻弄垃圾。小青怕他难为情,赶快走了。

丁点点听说这件事后,确实感到很奇怪。这个老人是本地的还是外地的?以前应是个有学养有体面职业的人,怎么沦落到拾荒为生?他几乎夜夜都来,怎么今晚不见踪影了呢?

丁点点朝小青招了招手,小青轻轻地走过来。

"小青,那个穿西装的老人怎么今夜没来?"

"他今夜没来,或许以后会来,或许漂到另外一个城市去了。他在这里的夜晚,应当以为是回到了家。"

丁点点叹了口气,说:"从来处来,到去处去,此心安处便是家。"

……

丁点点天天都是子夜时走进"西窗烛",天亮时离开"西窗烛"。

穿西装的老人如行云流水,从此再不见踪影。

那个老奶奶夜夜都来。挨在她旁边看书的小孩子,忽然被他的父亲和继母接回了老家,临走时,他在留言簿上写了一句话:"书是我的家。"

老奶奶的身边,又换上了另一个小孩子。

"西窗烛"的灯光,燃短了一个一个的长夜。

丁点点永恒地坐在"免费阅读区"的一个角落里,心静如水。

(《百花园》2017年7期)

喜 子

仲夏的早晨,才六点多钟,宋喜已穿戴齐楚,白衬衣、灰长裤、黑皮鞋,衬衣上套一件印着"幸福婚庆公司"金字的红马甲,潇潇洒洒地走出了小院的大门,紧跟在后的是妻子惠莲。

"喜子,开车要小心。"

宋喜连忙回转身,用京腔念白:"夫人,喜子别过了——"

惠莲说:"你沦落到为婚庆公司开婚车接亲,还这么快乐。"

宋喜仰天大笑。

待妻子关了院门,宋喜口念锣鼓点,然后高声叫板,再走到巷道中央,亮相,接着便边走边唱起了《空城计》中诸葛亮的唱段:"我正在城楼观山景,耳听得城外乱纷纷。旌旗招展空翻影,却原来是司马发来的兵……"声音顺着长而曲的巷道向前涌动,好听极了。出巷口就是大街,宋喜的声音戛然而止,理一理衣衫,急步走向他供职的婚庆公司。

巷子里的男女老少,每天早晨都听到宋喜的这一段唱腔。宋喜还会唱别的吗?会,但他几十年如一日,就爱唱这一段。

宋喜还有别的业余爱好吗?有,下象棋。只要不是落雨下雪,晚饭后,他在院门口支起可以从中间折叠起来的小方桌,桌面上刻着棋盘,备上两把矮板凳、棋子和茶壶、茶杯,等着巷中的棋手来对弈。他年轻时打过谱，记性好，也有悟性，很少有输的时候。下棋时，他一言不发，落子快，也不计较人家的悔棋。有好面子的人，他会在三局之中，有意下和一局或输一局，而且让对方看不出来。

宋喜五十岁了。和他同年的妻子原是街道小厂的工人，退休了。儿子在宋喜事业还很兴旺时，成家了，住在雨湖边的一个住宅区，过他们的小日子。

住在这条名叫曲曲巷里的男女老少，都不叫宋喜的大名，众口一声叫的是小名：喜子。不管在什么场合，宋喜都会笑呵呵的应答。他很快乐，不但名字带着"喜"字，人也长得像一个笑和尚体量高大，膀阔腰圆，胖胖的脸上笑也显得"胖"。他的快乐不是装出来的，是自自然然从心里往外淌，就像开了盖的啤酒瓶，往外"嘶嘶"地冒出洁白的泡沫，又真实又透明。

有人说宋喜的快乐，是没心没肺的傻乐。巷中的老寿星甄观尘，当过小学、中学的语文老师，腹笥丰盈，如今九十岁了，阅人多矣。他对说话的人淡淡一笑，意味深长地感慨道："喜子哪里是傻乐？是智乐！他虽没读过多少书，却能把世事看个通透。他能大富大贵，也能清贫自守，快乐却是一个恒量，这很了不起。"

宋喜读过高中，却不想去读什么大学，高高兴兴到码头的搬运队去当苦力。干了几年，拜拜！置办一辆脚踏三轮车沿街卖水果，不管生人熟人，秤杆抬得高，价钱还公道，小贩生涯让他开心。接着，三轮车换成了一辆大卡车，还雇了两个伙计，长途贩运水果搞批发，赚了不少钱。水果按节令上市，荔枝、黄桃、苹果、鸭梨、枇杷、佛手、香瓜……他先乐颠颠地给各家送一小篮尝鲜。一辆卡车又变成几辆卡车，有了大门面、大仓库，宋喜也坐上了豪车。但他的豪车停在巷子附近的一个停车场，出巷、进巷都是步行。巷中人家有了红白喜事，他会悄悄送去丰厚的礼金。突然有一天，几辆大卡车和豪车不见了，门面和仓库也没有了。他去了一家婚庆公司当司机，一当就是五个年头。

这么大的家产，怎么说散就散了呢？

宋喜不对人说，惠莲也是一问三不知。怪！

每早出门，宋喜还是叫板，还是唱"我正在城楼看山景"，还是一副笑模样。每天傍晚，宋喜依旧在自家门前摆上棋桌，实质上的赢和名义上的"输"与"和"，他都不在乎，独乐乐不如众乐乐。

真正可以和宋喜棋逢对手的，是老寿星甄观尘。甄老黄昏时出门散步，经过宋喜的棋桌时，见还没有人上桌应战，就会坐下来下一局。身边没有观棋的，他们一边下棋一边说些闲话。

"喜子，那个五年前借你二百万去还债的老同学，后来去了大西北创业，没跟你联系吗？"

"你老是怎么知道的？"

"我的一个学生说的。"

"钱借出去了，解了人家的难，就是一件高兴的事。

他不联系我,我也不想他。我有饭吃有衣穿有房住,没什么可愁的。"

"在婚庆公司开车,累不累?"

"快乐得很哩,总是看见有情人终成眷属。"

说完,宋喜拎起红"车",长驱而下直到对方的底线,轻声说"将军!"

甄老落下一个"马",微微一笑,说:"我算了算,结局只能是一个'和'。你说呢?"

"甄老,你是神算,我服了。哈哈。"

(《小说月刊》2017年9期)

后 记

小小说，又称为微型小说、短小说、微小说、掌小说。老友野莽认为，既然小说家族中以形制而论，有长篇小说、中篇小说、短篇小说，不妨将小小说命名为微篇小说，以成为一个序列，此言甚确。

小小说是在中国土生土长的一个物种，且历史悠远，应是一个不争的事实，如《山海经》《世说新语》《阅微草堂笔记》《聊斋志异》等，至今犹魅力四射。长、中、短篇小说的字数多少，已有大体的格局，小小说以多少字为限呢？却是众说纷纭。最短的不过百字，叫做"百字小说"；有些刊物发表小小说，指明必是千字上下；另有专家认为，三千字以下的小说，皆为小小说。其实，古代的经典名作，已有例证，《聊斋志异》中的篇什，短则数百字，长则二千有余，皆让人朵颐大快。

在多年的阅读经验中，我至少觉得小小说不仅仅是写一个"故事"，但"故事"必定或隐或显地存在着，谋篇布局可以诗化和散文化，可以合理地安置饶有兴味的"闲话"。汪曾祺先生的小小说，就见出他的好手段，如《陈小手》《幽冥钟》《子孙万代》诸篇。

小小说因篇幅短小，不费读者多少时间，作者也觉得容易入门，故这几十年来风行不止。其实，不管何种文学样式，要达到一种精纯的境界并非易事。旧体诗词中的五绝、七绝，不过四句，或二十字或二十八字，此中却有无穷奥妙，值得作者和读者去细细体悟。

老友尚振山对小小说的推介、出版，数年来不遗余力，此次又邀约我与友人汇拢这几年的小小说作品，各出一集。幸甚矣哉。

我将此集名之为《时间存折》，收录四十篇小小说，或写学界精英、文坛艺苑大师，或写能工巧匠、底层各种人物，旨在表现传统文化精神对他们的熏陶与锻铸，因而坚守高尚的节操与文化自信，为实现"强国梦"矢志不移。"时间"是最丰盈的"存折"，家国情怀是立国之本与立身之本。

请专家和读者不吝赐教，谢谢。

聂鑫森

2017年深秋